铁葫芦 | 小说馆

铁葫芦

你是我的敌人

李承鹏 著

外文出版社
FOREIGN LANGUAGES PRESS

图书在版编目（CIP）数据
你是我的敌人 / 李承鹏著.
北京 ：外文出版社，2013年
ISBN 978-7-119-08199-1

Ⅰ. ①你… Ⅱ. ①李… Ⅲ. ①长篇小说－中国－当代
Ⅳ. ①I247.5

中国版本图书馆CIP数据核字(2013)第070588号

责任编辑：曾惠杰
装帧设计：于潇
印刷监制：徐冬梅

书名：你是我的敌人

作者：李承鹏 著

出版发行：外文出版社有限责任公司
地址：北京市西城区百万庄大街24 号 邮政编码：100037
网址：http://www.flp.com.cn 电子邮箱：flp@cipg.org.cn
电话：008610-68320579（总编室）008610-68996183（投稿电话）
印刷：北京慧美印刷有限公司
经销：新华书店 / 外文书店
开本：880mm×1230mm 1/32 印张：8 字数：168 千字
版次：2013年5月第1版 第1次印刷
书号：ISBN 978-7-119-08199-1
定价：32.80 元

如发现印装问题，可联系调换。电话：010-82069037

再版的序

李承鹏

这是一本很旧的小说。很多人不知道它存在过。写的也是一个旧故事，没什么新意。

我曾经有些鄙夷它。虽然每个人都觉得自己的爱情故事独特而深刻，但爱情不过是一个模子里生产出来的鞋子，别无二致。有所差别是因为每个人的脚形、走路习惯、所遇路况不同，经年之后，鞋子形状大相径庭。

我所写，不过是鞋子在自己脚上不堪的情形。等我直逼中年，才明白这其实也值得骄傲，无论是破鞋还是爱情。

一些人奇怪我怎么会写一本爱情小说。一些人揣测这是自传。其实只有一部分是真的，我只是很想写一下2000年后，我在北京的生活。所有“北漂”都是一样，我们在这座巨城里艰苦奋斗、处心积虑，努力让自己活得像一个人精。可是，找到了北京，却找不着北。

大部分“北漂”都被弹压在这漫长模糊的城郭里，像蝼蚁一般。生活比战争更凶残的是，你竟找不到刽子手。

我算幸运的，还按揭了自己的房。虽然后来因为按揭压力以及对这座城市的厌倦，把它卖掉了。

这是我的处女作，和很多刚写小说的人一样，写得肉麻、矫情，恨不得满大街数自己的爱情故事最伤痛最伟大。现在想来是故作姿态，挺二百五的。但里面的血气方刚、儿女情长、敢为女人拿刀子拼命的意气，现在却找不到了。成熟，就是你掩饰了笨拙，却失去了纯真。

再版的时候，修改了一些地方，加了一些小桥段，比如说杨一收购虫草。其实创作杨一这个人物，最早的原型本就是我认识的一个常往藏区跑的青年。他黑黑瘦瘦、沉默寡言，只是说起藏区时眼睛发亮。我曾跟他去过几次藏区，他带我去过甘孜一个冰雪不化的沟里听龙吟，他坚信喇嘛的说法，这雪沟里藏有一条龙。他也很狡诈，常在虫草里掺杂很次的青海货，有一次被收货的人追打，他竟直接逃到派出所里，才脱险。

他和女朋友不断地吵。不知现在分手没有。

还有严丽莎这个人物，我不想把她写得太坏。人随着年龄增大，心中的坏人数量就会减少。燕子是我很喜欢的一个女孩子，原版笔墨很少，我很想多加些故事。可是犹豫再三，终于没有增加情节。这样最好，很多中意的女孩子，隽美之处，在于掠影而过。至于卓敏的生死，其实文中已有隐叙，细心的人看得出来。

这次再版本来要改个新书名，据说对销量有好处。我说这样做就鸡贼了。虽然这是我的处女作，但再版的书，真的别装处了。

想写它是2003年“非典”，开始写是2005年，完稿于2006年，真正出版已是2007年4月。从构思到再版，整整十年。

突然发现，我只有在喝完酒吹牛逼时，才会提起爱情。

目录

我以为已把你忘记的时候，
你却悄无声息掩杀上来。
你站在我呼吸可及的地方，
眉发清晰如旧。
——题记

第一章

我还记得第一次见到卓敏的样子。黑暗中，她戴着一个巨大无比的口罩，就像薄雾里忽然跳出的一个蒙面大盗，凛然直视。

那是2003年4月的一个晚上。我被她劫持。

那时我还不知即将和她发生的故事。

* * * *

那些日子，整个国家都在与一场来历不明的瘟疫战斗，我是其中惶惶不可终日的一员。空气中尽是消毒水的味道，电视整天播报上升的感染人数。我所在的城市，北京，大街更是被洗劫过一样干净，偶尔有车，也是呼啸而过的救护车，倘有人不小心在公共场所打个喷嚏，会冲出一些白大褂查体温，体温异常就拉上救护车。

杂志社让我去首都机场采访军警联合排查“非典”行动的时候，我略迟疑，电话那头甩下一句：“你个北漂，无家无室，你不去谁去。”

我想了想，深觉有理，于是拿上车钥匙，去了。我只是飘浮在这座巨大城市的一粒尘埃，找到了北京，却找不着北。

我已忘了怎么到达机场，只记得经过重重安检进入候机楼，像来到世界尽头。惨白的穹灯下，看不到任何旅客，大部分航班已经停飞，平时繁忙的手推车此时静静待在角落里，扑满灰尘。整个机场像已停摆，只有一队队戴着活性炭口罩的军警、医生组成的联合排查组，如临大敌守在各个出口。

很久，才有一班来自成都的航班到达。穹顶之下渐渐有些人气，小孩的哭闹空旷回荡，大人们则像排队等待火烙的骡马，表情木然地把头凑到红外线测温仪前。体温合格，警察就在登机牌上盖了章放行，稍有异常，马上会被拉进旁边一间铝制小屋里复查。

我们敷衍地拍了一会儿，就要走人。一个警察却挡住去路，说按安全规定必须走另一个出口。我讪笑地举着通行证，说是记者给个方便吧。他粗暴地推开我，我手上的三脚架“砰”地落地。心里烦躁，让他捡起来。他声色俱厉，“信不信我铐你”，摸出手铐。

出于经验，我扯开嗓子大叫“警察抓人了”。其他记者纷纷冲上去质问那警察，警戒线内外一片大乱。一帮军人涌过来强行疏散以避免交叉传染。一个女军人使劲拉开我，“都冷静一下，散开”，捡起三脚架送我出去。我也不想惹事，赶紧向外走，才发现帮我拎着三脚架的手，是一双漂亮的手。纤细的手腕上，垂着一串漂亮的水晶。

女军人一路送我出去，大檐帽压得很低，军装裁剪得很显腰身，走路有点外八字，婀娜娉婷很好看。我向她道谢。她摆着手淡淡说“不客气”，手腕上水晶的光芒灼灼跳动。

我那辆破吉普就停在外面，再次道谢后便转身上车。她竟也拉开车门跳上车。

我一惊，只听她急切地说：“走，快走。”

我愣住。她见我不动，就使劲抓住我的胳膊，语无伦次：“我只是有点儿发烧，但真的没有被感染，明天学校还要排练，要是被扣下，学校肯定会处分我……”窸窸窣窣掏出一本学生证，“解放军艺术学院。”

我才发现她的肩头并没有军衔，军装显然收过腰身，是文艺款。

骗子，一个蒙混过关的女骗子。她并不是联合检查组的，只是那趟航班一个发烧的乘客，刚才肯定是假装劝架趁乱混过警戒线。她想必知道这几天查得严，出机场乘坐出租、大巴都得出示盖了体温合格章的登机牌，沿途还有几道检查站。所以她要绑定挂着通行证的我，混进城。我转身想跳下车，她死死抓住我，低声而坚决：“我要是被抓了，你也跑不掉。”

我嘴里发苦，情知交她出去是害了自己。“非典”排查实行连坐，凡发现一例疑似传染源，一周之内接触过的人都脱不了干系。

我一时进退不得，也不敢跟她讲话，就这样对峙。

黑暗中，我看不清她的脸，她固执地盯着我，一言不发。

远处有一队军人走来，钢盔的瓦蓝在夜色中闪动。为首的军人举起手电筒照过来，雪白的光遥遥打在她脸上。一双清澈如湖水的眼睛，昭然若揭。她忽然哭了，喃喃地："求你，求你了，我不想去小汤山……"

鬼使神差，我慢慢松开手刹，踩下油门，一骑绝尘在机场高速上，开始改变我一生的故事。

* * * *

一叶孤舟，黑暗如海水包围着我们。偶尔灯光掠过，打在她的眼底，有树枝摇曳的阴影。车厢里很沉默，为了掩饰恐惧，我说："摘下口罩好吗？"

她敏感得像一根针，反而往上拉了拉口罩。

我说："我们这是在偷渡，我总该知道帮谁偷渡吧。"

她好像笑了，我不确定，但感觉得到她的眼睛有了一丝温度。我莫名地高兴起来，扬了扬胸前的通行证："说不定等会儿我就叛变了，把你交出去。"

她瞪了我一眼。我心头一凛。

我试图说笑，可她并不应答。我顿觉无趣，只得闷头向前开去。一路顺利，连过几关到了三元桥，机场高速最后一道检查站。睡眼惺忪的小警察走到窗边检查通行证，我假装大声在手机里跟杂志社汇报采访细节……那警察竟不盘问，挥手放行。内心狂跳，庆幸"偷渡"过关。

横杆慢慢升起。

突然，她打了一个喷嚏，很轻，划破平静的夜空。小警察大声喝令：“下车！”

她猛地转头看着我，惶然无助。

那一刻我只有两个选择：一、逃掉；二、更快地逃掉。

我一脚油门踩到底，像一条被踩了尾巴的狗拼命逃窜。后面传来威严的“站住，不准跑”。警车嚣叫着迅速追来，大灯打在反光镜上晃得我睁不开眼，我甚至一度能听见警察的对讲机噼啪作响地在呼唤增援。毛发悚立，魂飞魄散，虽然我一直用光碟遮住半边车牌号，但我知道前方很快就会出现路障封堵，我很快会被抓住，我那张铤而走险的嘴脸会出现在电视新闻里，按刚刚出台的“非典”条例，判个两年三载。

她一路尖叫，使劲掐着我的胳膊。

幸好逃出不远，国展那片正待拆迁的胡同出现在眼前。我猛打方向盘冲过绿化隔离带，冲进了黑漆漆的胡同。关掉大灯，再拐几个弯，黑暗淹没掉我们仓皇的身影。

汗，冷渍渍地沾在背心，我关掉所有的灯，让车不为人所知地前进。方向盘忽然剧烈摇晃，才发现车胎爆了。我艰难地把车挪到僻静角落，见四下无人，迅速跳下车，一边换胎一边聆听警车声音隐隐远去……

抬头望去，她也在看我，像一个躲在草丛里逃避追捕的小羚羊，眼神凄迷，脆弱无助。

我打开电台，想让她放松一下。她“嗯”了一声，调出一些西藏民谣……一会儿又听见她在车上说话，可能是给男朋友打手机……我莫名有些沮丧。

等我满手油腻回到车上，发现她拿的是一支录音笔。

发现她并非给男友打电话，我竟有些高兴："没被抓进去就录口供？"

"我在跟它说话。"她赶紧关掉录音笔，"录了刚才电台一首好听的西藏民谣……还对它说，谢谢你帮我回家。"

"你怎么谢我？我连你长什么样都不知道。"我盯着她的眼睛。

她却别开头去："你已经听见我的声音，为什么一定要知道我的样子？"

车重新上路，悄无声息从一条胡同穿到另一条胡同，穿过新疆街，到达白颐路——她的学校，那所著名的军队艺术学院。她的情绪像消退的洪水渐渐平静，我才发现手臂被她刚才掐得生疼。

她扭过头来，眼神如水地说："谢谢你送我回家。"

我说："真想看清你的脸，能不能摘下口罩？"

她转身跳下车，羚羊般轻灵，回头认真地看着我，说："如果有缘再见，我就摘。"

她的声音有一丝倦怠的忧伤，让我觉得刚刚去接了一个从上游漂流下来的婴儿。

"你叫什么名字？"我对着她的背影大声喊道，她没有回答，头也不回隐身在夜色中。

我不知道她的名字，也不知道她的长相，我甚至没来得及要到她的手机号码，但不知为什么，我仍顽强在脑海里形成了一个她的样子，清丽夺人，骄傲凛然……我突然为这一夜的疯狂举动感到很快乐。

那天晚上，学校栅栏两侧迎风摇曳的槐树叶子清清亮亮，几只夜鸟在树梢上歌唱。这样美好的景色根本和“非典”无关。我打了一个呼哨，学了两声狗叫，引得四周民宅里养的各种狗们跟着我欢快地“汪汪”起来。

* * * *

机场“偷渡”回来后，我一连几天没出门，警察竟也没有找我。一连几天，我涣散地倒在沙发上，瞳孔放大地望着窗外肃杀的街景。北京突然变得很干净，干净得像一座假城，过去世间的一切繁华，皆是幻觉。

电话疯狂地响，苏阳问：“活着？”

我答：“理论上是。”

“我们正准备在八宝山给你买一块墓地，以供凭吊。”

“多好的一居室，麻烦帮老子把物业费也交了吧。”

“出来透口气，再不出来混，不被‘非典’毒死也在家里闷死，怕什么，早死早投胎。”最近苏阳总爱这么说。

我赶到后海时，苏阳又在电话里跟留学加拿大的女友大吵大闹。她总让苏阳去国外定居，苏阳觉得国外太无聊，“国外是好山好水好寂寞，这里是好脏好乱好快活”。和往常一样，两人谈着谈着就在电话里互相大骂对方傻逼或二逼，最后恶狠狠掐掉电话。

苏阳是北京纨绔子弟，与别的纨绔子弟不同的是，他很讲义气。他热衷户外、雪山，本来好好开着一家广告公司，竟租给别人，自己却要成立一支户外探险队。今天纠集我们这些狐朋狗友，就是正式宣告队伍成立，还给它取了一个怪怪的名字——“敌人”。

苏阳说，我们的队伍就是其他对手的敌人，而且我们要打败所有的敌人。这是他的理想。

我没有理想，伙同大家玩户外，不过是关于生活的一个团伙形式。有时候我会堕落到帮人地下飙车赢钱，或进藏区帮人带几包虫草，但这更让我充实。

我和苏阳有太多的不同，他帅气挺拔，热烈自信，父母当着不大不小的官却极有神通，他开着X5飞驰而过，总会引来艳羡的目光；而我只是一个“北漂”，前途莫测，外强中干，偶尔用杂志社那张证件招摇撞骗，让自己看上去人模狗样。

但这一切并不妨碍我和苏阳成为朋友。几年前，藏东五百里无人区，我救过他的命。

那一年，玩户外的都特别流行寻找河流源头。那天我轰着油门刚刚冲过丹巴，就见一辆神风越野车四轮朝天，泥石流淹没了大半个车体。从车牌号，我断定是那个眼睛亮亮，喜欢在对讲机里大声讲段子、唱情歌的北京小伙。我用羊角钩把压得如捏扁的可乐罐一样的车拖出来时，副驾驶已经没命了，苏阳肋骨断了，可能是扎进了肺叶，身体已开始水肿。我翻开他的眼皮，眼睛混浊，瞳孔放大……只剩下不到半条命。

我必须拉着一个死人和半个活人，穿越五百里无人区。可是下午我也遇到了泥石流，手机和对讲机都没信号，汽油消耗殆尽。夕阳西下，气温骤降，我坐在布满青石的河滩上，感到苏阳的身体和石头一起慢慢变冷。有一刻我感觉苏阳的心脏已停止跳动，想起菩空树给我的一种叫“金刚油”的东西，明知成分不明，还是粗暴灌进了苏阳口中，他呕吐不止，竟回光返照，又休克过去。

我陪着他，看太阳升起，太阳落下……直到两天后，营救车开到。

那次活动因为死了人，又被认为破坏环境，很快被叫停。我还被警察带走问话，等我出来，苏阳已被运回北京治疗。后来我发生了一些事，手机号码全换掉，与苏阳从此失去联系。

再后来我混得很差，为逃债几经辗转来到了北京。在北京我没有固定的工作，只是一个行尸走肉，住最便宜的地下室，吃泡面，天天坐着地铁找工作，每天从城市的这边穿向那边，再回来，再过去……以至于有一天我坐在站台竟忘记了：我究竟是要出发，还是要回家？

米兰•昆德拉不知道这扇窗和那扇窗有什么不同，我不知道这个春天和那个春天有什么不同。

有天回到地下室，室友正要搬到地上去住。我羡慕地问哪儿挣的钱。他打量着我，闷闷地说：“看上去你身体不错，要不也试试？捐精。”

我决心最后一次去找工作，再找不到就给自己做个了断。我不喜欢地下室，却喜欢地铁，黑暗中快速而悄无声息地滑向未名地点，缄默地看车窗上的影子飞掠而过。

这天沙尘暴，坐地铁的人很多，车厢里有种怪怪的土腥味。我从车窗反光里看到一双热烈的眼睛，那双眼睛也正看着我。很快，我想起这双眼睛的主人是谁，想起我们之间的故事，然后我们像真正的兄弟一样拥抱在一起。

苏阳说："那天我醒了以后发现我没死，就知道一定能找到你，我要报答你。"

原来他一直通过车友会和各个驴群找我，没想到我们却在北京春天最大的一场沙尘暴中不期而遇。"要不是沙尘暴开不了车，我也不会坐地铁了。"苏阳说我和他总是在重大自然灾害时见面，"这就是缘分。"苏阳让我去他的广告公司，我不想寄人篱下。他就介绍我去了一家杂志社，每年他要在那儿投几百万的广告。

苏阳摸着鼻子大声说："我们永远是兄弟，我要报答你。"

我说："你已报答我了，否则老子不是已被挑断脚筋，就是在捐精。"

* * * *

头晚和苏阳喝了太多芝华士兑绿茶，醒来时，咽喉肿得像塞了一堆棉花球。其实我讨厌这种粗俗的勾兑，让人不知静脉里流的是芝华士还是绿茶，不知该清醒还是沉醉。

这次我是被鲜花寺的菩空树大师的电话吵醒的。他打来电话告诉我一句九字真言："嗡乏及喇达尔嘛赫利。"

他说这是最好的克制"非典"的大悲咒。

我根本不相信他，不仅因为他的预言从来不准，而且因为他其实是我的一个远房亲戚。他二十六岁才出家，因为一个神秘女人，每隔三年私自下山一次，每次都被前任方丈轻易抓回。多少年下来，多少次追捕，他在鲜花寺那道恍惚得让人忘记时间的屋檐下，自以为出神入化，自以为断却尘丝。

我不相信他，也不喜欢他，过去在成都，只是想喝他亲手烘焙的蒙顶茶才偶尔去趟鲜花寺。他时常打电话说一些神神叨叨的话，比如说“最好的爱，就是不去爱”，又比如说“越深的爱，是越重的伤害”。我怀疑他是不是真正的佛门弟子。

有人按门铃。

菩空树还在喋喋不休地让我记住那句九字真言，我不耐烦地让他发个短信给我。

打开房门，一勺呛鼻的干粉消毒剂便迎头浇来，几个白大褂扑上来给我戴上防毒面具，我像麻风病人一样被拖下楼。我大声分辩，其中一个人对着我的腰眼就是一脚，剧痛难耐。回头看去，楼上所有窗户都贴着惊恐的脸，人们用冷漠而厌恶的表情看着我，指指点点。只有门卫老头儿和他的狗用悲凉的眼神看着我，老头儿说：“杨一，好人有好报，你不会有事的。”

我并不是好人，可还是得了好报。在小汤山，我得到无微不至的体检，从验血清到查肺泡再到心肝脾胃肾，除了查出右边那颗智齿有虫蛀迹象……他们不得不承认我很健康。

经历了开始几天的恐惧，很快我就乐观起来。由于必须按时起床睡觉，我变得精力充沛；因为必须跑步、打乒乓球，进行各种体育锻炼，我不得不胃口大开。我天天读报、听音乐、收看《新闻联播》，生活前所未有地规律……十几天过去，我竟红光满面。

唯一让我烦心的是，每天都有几个警察隔着玻璃审问我，时而声色俱厉，时而和颜悦色，翻来覆去就一个问题：那个穿军装的女孩是谁？

我一口咬定："难道她不是你们联合排查组的吗？我只是一个被临时征用的车主，执法人员命令我带她紧急进城，我怎能不照办？我要是被传染，可是你们的责任。"兵来将挡，水来土掩，总之我把责任推到联合排查组身上，而我是一个受害者，说到后来慷慨激昂，大有考虑向政府索赔的架势。

我打定了主意，无论怎么威逼利诱，我宁死不屈、打死不招。

不知为什么，虽然我连她的长相和名字都不知道，但想起那双清澈的眼睛，就莫名地想保护她。一个多星期后，估计他们也被我搞烦了，渐渐很少来听我扯淡。

我分析过他们最终放过我的原因：一、经体检我极为健康，确非传染源；二、我可能确实被假冒军人裹胁；三、这事深究下去也是关卡失职，不如大事化小。

终于度过了十二天强制观察期，一辆警车把我送回回龙观那幢旧楼下。

* * * *

我低头上楼，楼道里飘散着消毒水味道，还撒了新石灰。

居委会大妈远远地在楼下喊："杨一，这个月的卫生费，你得交双份，大家为你花了好多钱……"

我猛地推开窗户，对着她的方向大声咳嗽，说："我现在就下去亲手把卫生费交您手里，等着——"大妈愣了愣，以超音速消失得无影无踪了。

我突然觉得很烦，躺在沙发上，昏昏睡去，又做了那个梦。我被一个巨大的白色水母拖向海底深处，我拼命挣扎，水母吐出很多黏液在我的身上，我的肌肤骨头纷纷开裂，无可救药地往下坠落……我大叫着醒来，阳光刺眼。

我心里明白，虽然我已远离成都，却无法忘掉过去；我一直想把那个春天的上午从脑子里删去，拒绝坐飞机拒绝打雨伞，那个梦魇却纠缠不休。

屋子里安静得仍像梦境。我喝了一杯板蓝根，打开电视。电视里正播放抗击"非典"的新闻，一队跳舞的女孩前往小汤山慰问白衣战士，女孩们身形曼妙，但清一色戴着活性炭口罩……领舞的女孩跳得生动投入，但身形似乎比她胖一些……我眯着眼睛认了半天，还是不敢确定。

打开冰箱，发现啤酒没有了，泡面也没有了。踩着满地雪花般的石灰，大声唱歌下楼，楼上窗户又贴了很多恐惧而厌恶的脸，那个负责监视我的居委会大妈在远处快速跑开……

眯着眼睛慢慢适应着针芒，空气刺得肺叶隐隐作痛。

不得已开车出门，人烟稀少、一马平川。“非典”唯一的好处，就是一夜解决了这座城市便秘般的堵车。我寻了一路，终于在双安附近找到一家还开着的超市，走了进去，里面却是人山人海。每个人都戴着古怪的活性炭口罩，争先恐后把被消毒水洗得白白胖胖的手伸向温度计、夏桑菊、白醋……几个人只是为了争夺一袋肥皂粉，就差点打起来。

英勇地表达恐惧，危险地获得安全，这就是“非典”之中的人们，概莫能外。

我也深受鼓舞，加入战团，可立马脚不沾地被人群裹挟到一个角落。回望货架上还剩最后一瓶白醋，我迅速伸手，可与此同时，另一只手也抓住了它。

那是一双漂亮的手。细弱的手腕上，悬着一串明亮的水晶。

我心中一动，顺着手往上看去，先看到活性炭口罩，口罩后面，是一双清澈得让人忘记尘埃的眼睛。我怔怔看着这双眼睛，这双眼睛也在看我。一丝温度倏尔掠过。

她怔怔地，忽然触电一样松开了那瓶白醋。然后她扭过头，和旁边几个女孩低声说起什么。那几个女孩子都戴着口罩，个子高挑，站在潮涌的人群中，犹如鹤立鸡群。

她们齐刷刷向我这边张望，交头接耳。

我摇着白醋：“是你吗？”

她冷冷地没说话。

我有些尴尬：“想不到我们第一次见面是为了偷渡，第二次见面是为了争醋。”

她一边避让人潮，一边忿忿地说：“谁要跟你争醋，你还给我……”

这时不知谁嘀咕了一声“有人发烧”，人群瞬间炸了，一股突如其来的大力把我们卷走。我高举白醋“哎哎”大喊，那些女孩在人潮中时隐时现，我看见她张嘴还想说什么，可是听不见……

* * * *

这是一个清冽的傍晚，人们呐喊着逃窜。我被人潮裹挟到超市外，好容易找到了我那辆破车。开到街上时，看见她和那些女孩在夜色中，孤立无援。

我停车，摇下车窗。她们连扯带拉地跑过来。

我还没来得及高兴，就见她眼神冷峻，使劲敲着车门：“还我。”

“什么？”

“我的录音笔落在你车上了。”

我并不知道录音笔落在我的车上，要是知道，我一定会仔细偷听。

她敏感地盯着我：“你笑了。”

“我没笑。”

“你就是笑了，你一定偷听了。”

我笑了，这次是真的笑了，因为她不容置疑的样子真的很好玩，我从未见过一个女孩如此认真地坚持一个错误。见我笑，她更信以为真，眼睛红红的，低声嘀咕：“凭什么偷听，凭什么！”

我哭笑不得："真的不知道你的录音笔在哪儿，自己上车找吧，我送你们回学校。"

她犹豫，但一个长着妩媚眉毛的女孩子连推带劝："快上，再不回去就被学校发现了。"

瞬间，女孩们以各种敏捷的身姿上了车，叽叽喳喳，不绝于耳。她低头翻找，一会儿就在座位缝里找到了那支录音笔。

"你发誓没动过它。"

"发誓。"

"不行，你要说以什么名义来发誓。"

我想了半天："恐怕……只能以偷渡犯的名义了。"

她偏着头认真地想了想，点头，继续摆弄录音笔，西藏民谣的曲调飘了出来，正是她那天录下的。

一路上，那些女孩议论着第二天去小汤山慰问演出的事。我抓紧时机，大肆讲述因掩护她导致被捕的种种情节，时而惊心动魄，时而曲折迂回，女孩们被我夸张的描述深深吸引，听到我反败为胜勇夺小汤山康复杯桌球冠军那一段，张张小脸上都是崇拜。对这样的效果我感到满意。

可她深表不屑，坚持说我是个骗子。我大为委屈，却无从辩护。

一路顺利，没遇到警察查超载，在她们指点下，我很快将车开到一家"鸿毛"饺子店。这家店的后门是一条通向校内的秘密通道。我发现几乎每所大学都有条校方未曾察觉的通道，女生们若无其事，实际神出鬼没，买零食、谈恋爱……女孩们列队下车，垂手蹑足，鱼贯而入。

我不能免俗，一一索要电话和名字。她最后一个下车，只轻轻说出她的名字，并不留下号码，摆摆手，轻灵地闪进那道后门。

“卓敏”，这是我第一次知道她的名字。

我还是没有能够看到她的样子，只觉得她摆手之间，水晶的光芒瞬间即逝，准确击中我脑海深处某条沟壑，我不明就里。

第二章

迎着夜风开向后海，我莫名兴奋，脑海里有张底片正在时隐时显，卓敏和那些花枝招展的女孩不一样，口罩后面藏着一种清冽脱俗。我看不清她的全貌，却又似曾相识，我不知是否还能见到她，对此隐隐若失。

“非典”期间禁止人群集会，可后海的一家酒吧悄悄搞了纪念张国荣的派对。人潮如织，气氛却不如想象中哀伤。苏阳在女孩中间如鱼得水，我则百无聊赖，一时兴起，给那个长着妩媚眉毛、名叫浅浅的女孩打电话。

拨通之后，那边却传出卓敏的声音。

她听出是我，果断地说：“浅浅在洗澡，你等会儿打来吧。”

我急问：“你喜欢张国荣吗？”

她迟疑地：“喜欢……但人死了就该马上忘记，否则是对死者的不敬。”

我不管她奇怪的回答，大声喊“你听着”，穿过人群跑到音箱前，手舞足蹈地高举手机，给她直播着……发现那头早已挂了。

我喝了一杯B52，胸如烈火，怅然若失。

苏阳见我闷闷不乐，又要和我打桌球。我照例不肯。他是一个讲义气的人。他常约我打桌球，球技实在太烂。可等我一年下来差不多赢了他快二十万的时候，才明白他是在帮我消债。

从此我再不跟他打桌球，说不想成全他义薄云天的名声。苏阳却说：“你帮赵烈还债，我帮自己还债，所以这跟义气没关系，就是一笔三角债。”

男人的一生必须要结识一两个好朋友。苏阳与赵烈都是我一生必须结识的朋友，过命的死党。

他们总是在最该出现的时候出现，从不会让朋友失望。

赵烈对朋友做过的最惊心动魄的义举，是在成都。那次小四泡了“回归”酒吧老大的妞，我们一帮人被堵在墙角，眼睁睁看着他被摁在地上，老大叫保镖挑断他的脚筋。这时赵烈抡着凳子风一般冲进来了。他很会打，带领我们靠墙而站，护住后背。人数占优的保镖们一时竟占不到上风。打到后来，我们的体力开始透支，手都被打肿了，走投无路。

保镖让我们放弃抵抗。赵烈说：“把他们放掉，我来扛。”

领头的壮汉眼睛里闪出磷光：“既然你很能扛，看你有多能扛。”

他让赵烈高举双手趴在一堵墙上。一个小个子用一把亚光军刀，在赵烈的后背、屁股上慢慢地一刀一刀刻划。每一刀，深不超过两公分，长，至少十公分。他的手型像拉小提琴一样柔软而准确，绝无多余动作，一看就知是个中高手。不一会儿，赵烈的后背已是阡陌纵横。

等赵烈的后背和臀部划无可划，那小个子才意犹未尽地停下，他吸了一下鼻涕，说："这小子好狠。"

我们扶着赵烈往医院玩命地跑，青石板路滴下串串鲜血，跑着跑着听到一种奇怪的声音。扭头一看，赵烈的臀大肌整个翻卷下来，因为长期训练肌肉结实，竟不完全撕裂，韧劲十足地随跑动"噼啪"作响。我赶紧用衬衣把他的臀部反兜过来，才阻止了这可怕的声音。

后来躺在医院里，赵烈含混不清地吼着："老子不要打麻药，哪个龟儿子打麻药老子杀了他。"

麻醉药物会大大降低红肌纤维的恢复速度，即使伤口愈合，作为专业运动员的他也废了。那个戴眼镜的医生双手一直在发抖，"真的不加麻醉剂？"然后用特制绳索把赵烈绑上。他花了整整五个半小时才把赵烈完全缝合，像在纳一张鞋底。走出手术室，他喃喃地："他不是人，是动物。"

赵烈可能真是一头动物，恢复迅速得让人难以置信——半个月后下地，一个月后恢复训练，三个月后，他以绝对优势获得全运会跳伞冠军。

这晚苏阳拍着我的肩膀，说："又是春天了，该回去看看赵烈。"

我有些恍惚。我知道自己早该回去，"非典"只是一个可耻的借口。

＊ ＊ ＊ ＊

每一场大醉后，都有种万念俱灰的厌倦。中午醒来那一刻竟不知身在何处，干燥的阳光里飘浮着尘埃，而我是其中一粒。转动眼珠，直到看见被不愿起床的我每天早上拍打致残的浣熊闹钟，才确定这是我的家。

苏阳是一个多情的人，也是一个可耻的人，他泡妞无数，有时会留下我的手机号码。曾经有一个跟他一夜情的妞居然跑我单位去了，还一口咬定头天晚上跟我去过什刹海游泳。

张国荣纪念会的第二天，我又睡过了头，醒来后无聊地查看手机短信，有转发“非典”段子的，有冒充熟人让我打款到农行的，还有一条，估计又是苏阳的成果：

“看来，这次你真没骗我……”

我果断回复：“这次我是真的骗你了，别找我，永别了。”

谁知那号码又回复了一条短信：“上午刚去小汤山慰问演出，那个桌球冠军，与你同名同姓？”

我呆呆看着这条短信，脑子里浮现出一双清澈的眼睛。大叫一声，打过去，但被掐掉。

我心潮澎湃，不断给她发去短信：“我要见你。”

过了很久才得到回复：“你见不到我的，鸿毛饺子馆停业了，学校全封闭，还有武警站岗。”

她并不知道，这时候我已出发前往军艺。在她发出最后一条短信时，我离她的学校最多不超过三百米。

那天，我像一只刚从动物园里偷跑出来的小兽在空旷大街上游走，孤单、警惕，对未知的东西难判祸福。我对街道上每一棵树每一根草都莫名兴奋，打开车窗，让风从耳畔呼呼跑过，我甚至对着晴朗的天空“嗷嗷”叫了两声。

那一天，我心中真没有任何杂念，只是想看看她摘下口罩的样子与想象中是否一样。

* * * *

军艺西校门，铁栅栏内外长着两排梧桐和槐树，正午的阳光碎碎地掩杀过去，沉默而生动。我发去短信：“已到。”点燃一支烟，摆出自以为拉风的姿势坐在引擎盖上。两个持枪站岗的武警小战士警惕地盯着我。我外表泰然，心中却充满了期待与不安。那天的天空蓝得让人心头紧缩，干燥的风飘飘摇摇吹过那些树。正是上课时间，铁栅栏内空无一人，栅栏外是流浪狗般晃悠的我和那一对标枪般矗立的武警战士。

半个小时过去，卓敏没有出现，发出去的几条短信石沉大海。我越来越失落，开始怀疑此行是否合理。身后却传来窸窸窣窣，手机屏幕跳出一条短信：“回头。”

我一回头，猛看见一群穿着水青色舞蹈练功服的女孩子，她们站在栅栏内对我指指点点，都没有戴口罩，一齐波澜壮阔地喊：“猜，谁是卓敏？”

我在第一秒就知道谁是卓敏，我好像早已认识她，或者说她的样子底片早已存在于我的脑海，我现在要做的，只是将它冲印出来。

阳光下婷婷站立的她，和我想象中别无二致。站在那棵梧桐树下，她像一只刚刚从天堂的牧场跳将下来的羚羊，眼神清澈无邪地看我。她并不是那种极其漂亮的女孩，皮肤有点苍白，脖子过于纤长，但那种干净得不沾一丝尘埃的光芒让人恍惚，正如后来我略带夸张地向苏阳形容的感受："我根本没看清她的脸庞，只觉得时间停止，眼前一片白花花的光芒从天上某条缝隙倾泻而下……那种干净的漂亮有股锐不可当的力量，而我无处可逃。"

卓敏一动不动，看着我。那样子令人怦然心动。

我用手指着心脏，似笑非笑，径直走向她。

* * * *

卓敏问，为什么那晚上我会拉上她。

我纠正，是她绑架的我。她认真地想了想，说："是合谋，不是绑架。"

她问过小汤山所有细节，甚至包括桌球室里是否有盆文竹，才确信我不是骗她。

卓敏最关心的问题是，为什么我在里面不招出她。

我说，我是一个讲义气的人，不可以招出一个女孩子。这个回答并不让她满意，说我油腔滑调。我想了想，承认其实中途也是考虑过招供出她，可想到这样得不偿失，既不能开脱自己的罪行，还得罪了一个漂亮女孩子，不如生扛下来，搏一个人生成功的小概率……

卓敏好像点了点头。于是我更加大胆："如果生扛下来，说不定还有缘见面，就可以看看你摘下口罩的样子，到底有多漂亮。”

卓敏瞪了我一眼。可她忍不住问：“有多漂亮？”

“比我想象中还要漂亮，看到你，就像吃到春天里的第一口雪糕。”突然想起诗人朱朱的名句。

卓敏嘴角露出一丝笑意。我大受鼓舞，正搜肠刮肚寻找溢美而不露痕迹的词，她却又突然冷下脸来，打断我：“我们要排练了，你回去吧。”扭头走了。

看着她的背影，我深感失落，只得转身上车。

却听到她在栅栏那边问：“你明天还来吗？”

我大喜过望：“来，如果武警不赶我，我愿意变成这栅栏外的一棵树，天天看着你。”

从此，我每天都去白颐路，我像脑子里安装了一部定向罗盘的狗，每天起床后就伸长舌头奔向军艺西门那道灰色的铁栅栏外。而她每天也准时等着我，隔着栅栏，跟我说着一些漫无边际的废话。

我慢慢熟知了每一个细节，白颐路十八号附2号，我甚至记得住邮编：100023……两排长如雨巷的梧桐和槐树，树林中掩藏一道忽明忽暗的铁栅栏，总是有风，狼迹散漫地从树和栅栏间掠过……我和她遥遥相对，没有接吻，没有拉手，连热烈的话都没有怎么说过，我知道这根本不是恋爱，只是一种貌似美好的蒙昧。

可我永远记得这蒙昧，记得军艺西门铁栅栏出现的那盛况空前的场面：每天下午，一大排男生和一大排女生就会泾渭分明出现在长长铁栅栏的两侧，小心翼翼，不越雷池一步。这是校方为避免探视时因距离过近而相互传染，专门划出的两道相隔七八米的“‘非典’警戒线”。那情景看上去搞笑而甜蜜，由于相隔太远，男男女女只能大声说话，说着各自才能懂得的话，打着各自才能破译的手语和暗号，当然，偶尔也会在一束玫瑰花后面疯狂冒出一句“我爱你”，或有人突然奋起宣布“我恨你”……

铁栅栏，男生在外，女生在内，整齐得就像那两排树，没有恐惧，没有人戴着口罩，只有嗡嗡的声音在回荡。有一天，表演系那个豆芽般的女生从寝室里带出两把小马扎，一把自己坐，一把给栅栏外的男友坐……然后小马扎雨后春笋般长在铁栅栏两侧，马扎背后的“军字××号”依次排开，醒目刺眼。再后来，饿了的时候，女生们就会从学校食堂打来盒饭，一盒端给外边的男生，一盒自己在里边吃，吃完了会打扫得干干净净，酷爱环保的样子。

甚至有一天下午，一个戴着眼镜的男生正手举着一对蜡烛在给里面一个女生过生日，所有人一齐高唱“生也快乐，日也快乐”。

这是北京最后一块乐土，阳光细碎，照着这群毫无牵挂的人类。附近的居民也开始习以为常，甚至有小商小贩跑来做板蓝根生意，每杯两元，专为口干舌燥的恋爱疯子们提供。

我对她说：“这就是幸福，大家就像远古时代的一群公母猴子，坐在树下摘食果子，两眼澄明无邪，看太阳升起，太阳落下，脑子里什么都不想，身上什么都不穿，最多在腰间系一片树叶。”

她笑了，说我“耍流氓”。

一个月过去，我还没有拉过她的手，但这是“北漂”以来，我最大的幸福。

* * * *

有一天，卓敏突然在栅栏那边问：“你相信前世吗？”

我说：“我一个北漂，连今生都不确定，怎么相信前世。”

她有点生气，断言我和她是不同类型的人。她指着腕上的水晶说：“其实人的前世今生就像这串珠子，一颗串着一颗。”

我渐渐发现，她是一个迷信得近乎强迫症的女孩，她笃信前世的她是一颗遗失的水晶珠子，这一世就是来寻找其他珠子；她还相信，其实每个人在前世死去那一瞬就在脑子里留下了另一个人的样子，这一世转来就是来寻找这个人的样子。

她又问：“你为什么天天跑来看我？”

我好整以暇：“这就是缘分。”

她冷冷盯着，说：“缘分不是一个意思，缘是缘，分是分。”

我觉得卓敏是个很矛盾的人，有一面清澈无比，另一面却又冷若冰霜。试图打听她的来历，可是栅栏人多，她并不想说。我问得急了，有天她就从栅栏那边递来那支录音笔，让我回家好好听。

那天晚上我拒绝跟苏阳他们在后海瞎混，插上耳机听那支录音笔。

卓敏的声音低低的——

我阿妈是藏族，爸爸是汉族，他姓卓，所以给我取了‘卓敏’的汉名。其实我从来没有看到过我的爸爸，听说他年轻时很帅，口琴吹得特别好听。

阿妈从小一直不说话，她开口说话的那天，一个帅气的汉族年轻人正好走过来，他就是后来我的爸爸。那天我爸爸说：“你漂亮得和庙里的菩萨一样。”我妈妈就开口说话了，她说：“听说你会吹口琴。”

阿妈后来怀孕了，但家族里的老人们坚决反对她喜欢上一个汉人。在一个下着大雪的晚上，爸爸走了，阿妈就说，他俩就是有缘无分。算了……听一听那天我在你车上录的那半首民谣：

在那东方的山顶
升起皎白的月亮
未嫁少女的脸庞
浮现在我寂寞的心房

很美吧，就像在前世听到过。

卓敏的录音语焉不详，似乎她的家族大有来历。

我意犹未尽，对着录音笔说——

我叫杨一，水性杨花的杨，一见钟情的一。它是真名真姓，我爸怕我丢了，就取了这么好记的名字。我见过我爸爸，可是他总是打我，所以我记不清楚他什么样子，但他踢我的时候脚很重很重。他和我妈没完没了地吵，后来就离婚了，再后来，我妈就死了。

那首民谣我也似曾相识，不过我总会觉得什么事情似曾相识。比如中午一觉醒来，阳光映在对面楼上，听到楼里正有某人在拉琴；比如跑过公园草地时，看到有个小孩正在拉扯挂在树枝上的风筝……这些情景很熟悉，很多事其实都在某一天、某个地点重复发生过，但只看得见沙滩上的爪痕，不见飞鸟。

就像你也似曾相识，有点像我在暗房里冲洗的一张底片，面影即将浮现出来……

* * * *

那天开车赶到军艺，发现有些异样。栅栏内空空荡荡，仿佛人被剃了半边眉毛。女生们不见踪影，而外面的男生呈散兵状伸长着脖子往里面看。遥望过去，才看到女生们正远远地在操场上跑圈、打篮球，心不在焉，脑袋却清一色地往外看，像安了指北针。

那两个武警小战士神情得意，一个多月来他们像两条警惕的小狼狗，远远监视，谁稍微靠近或传递物品，就会大声警告“老实点”……今天他们却很高兴，因为校内的学生只能在操场上参加体育活动。原来，校方渐渐发现栅栏内外的浪漫气氛跟“抗典”的严肃格格不入，也有违军校身份，可又不便下令禁止探视，就下了一个迂回而强硬的命令：为强化体质、抗击“非典”，课后学生必须参加三小时以上的体育运动，并将记录在毕业档案，目的就是瓦解栅栏内外的恋爱大会。

男生们参差不齐地喊着各自女友的名字，遥不可及，形状惨淡。我也混在队伍里跟卓敏打着手语，可是很艰难。想了想，开车走掉。一会儿拿着一对羽毛球拍回来，大声招呼卓敏。她遥看到我，呀的一声，眼睛亮亮跑过来接过拍子。她是如此聪明的女孩，一秒钟就心领神会，高喊一声“锻炼身体，抗击‘非典’”，把我发过去的羽毛球，从栅栏那边高高地打了回来。

她身手矫健，像一只羚羊般在里面活蹦乱跳，我左扑右挡，尽量让身形在人群中显得卓尔不群……我跟她刚玩了一个回合，身后的男生们忽然潮水般消失了，然后又潮水般涌回来了，纷纷拿着或新或旧的羽毛球拍。有个叫齐帅的胖子一时找不到拍子，甚至找街坊买了一口平底锅。而在操场上列队锻炼着的女生们，早已作鸟兽散，跑到铁栅栏边挥动球拍，操场上顿时空无一人。

爱情的起源就是因为禁止。“非典”空前激发了恋爱中的人们的智慧，也极大普及了军艺的羽毛球运动。校方和武警看得牙痒痒，却毫无办法，我们并未违反“锻炼抗典”的校规，也未越过警戒线。

那段时间天蓝得发暗，风恍惚地掠过梧桐和槐树，栅栏两侧羽毛球一阵乱飞，人们热火朝天，活像召开了一场群众体育大会。之前卖板蓝根冲剂的小贩也很解风情地改为兜售羽毛球，甚至一些青年教师也参加到方兴未艾的羽毛球运动中来。

我还记得端午节那天，天空开始下起小雨，眼波如丝温婉多情的样子。人来得很多，栅栏外发生了激烈的争吵，因为树枝遮挡，加之球技不精，人们总在争辩哪个是自己的羽毛球，又斤斤计较谁占了地盘。两个男生为了争夺有利地形差点动起手来。那两个武警小战士哗啦啦拉着枪栓跑过来，“不准动，再吵押进去关禁闭。”

不知谁建议：不如举办一场“非典”杯羽毛球赛，分组轮流上场，看谁打的回合多，冠军奖品是——大家负责掩护这对恋人去栅栏边上接个吻。铁栅栏内外掌声雷动。

那是“非典”时期最生动的一幕。

我还记得，那天云被压得很低，天空下起了小雨，沾了雨水的羽毛球发出闷闷的声音，打下很多树叶，落下来很多水珠，扑簌簌让我们几乎睁不开眼睛。但我们矢志不渝，两眼放光，羽毛球在灰白天空就像调皮的小鸟，每一次上升和下落都引发人们的尖叫。表演专业的女生们声情并茂，广电专业的女生呐喊得最富韵律，但卓敏她们舞蹈专业的姑娘们身体协调性好，她们很快适应了这种比赛的节奏，至少占领了前八强的六强。

舞感天生超强的卓敏很快明白最重要的是步伐而不是手上的力量，她辗转腾挪、移动迅速，打球又很讲究舞美，每一次挥拍击球，活像挥舞水袖，有一次为了救险球，甚至劈了竖叉下地把球高高挑起，引得两个武警也不由得鼓掌叫好……而羽毛球是我大学时的强项，我和她一组组地淘汰对手，过关斩将，理所当然地获得冠军。

我还记得，那天空气湿漉漉的，她每挥一次拍都要抹一下额际的头发，手腕的水晶闪烁着光芒，让她像个通体发光的仙女。

那天众人喧哗，怂恿之下我冲到铁栅栏边，准备深情地真正亲她一下。

可恶的校长出现了，他大声赞扬了比赛的积极意义，然后严肃地宣布运动会到此结束，这让铁栅栏内外的男生女生们极其失望，空气中掠过一片闷闷的叹息。

我盼望已久的和卓敏的初吻就这样被扼杀了。这真可恶。

* * * *

我越发有探究卓敏的冲动，和她仍然每天在铁栅栏见面，那道栅栏不是一道阻隔，而是一种诱惑。终于，我壮着胆子发去一条短信："今晚出来。"

她回："疯了？那次是偷渡，这次就是越狱，抓到肯定开除。"

我说："无论你出不出现，我准时到。"

鸿毛饺子店已悄悄恢复营业。我并不确定她是否会偷跑出来，但我坚定不移，像在狱外接应一个不知有没有挖通地道的战友。

这晚的月明晃晃照在树叶上，有狗儿兴奋地叫，让我想起一个多月前我和卓敏"偷渡"回校的情景。

她闪身出来时动作异常轻灵，让人发笑的是她竟像武侠小说里的夜行侠穿了一身黑衣黑裤。她眼神惊慌，脸色苍白，一言不发就钻进我的车，我拼命拥抱了一下她，她没有拒绝。这是我第一次拥抱她，慌乱而幸福。我轰动油门，学了声狗叫，引得民宅里的狗们兴奋地叫起来。

两个武警战士警惕地看着我的车飞驰而过。

当一身黑衣的她出现在苏阳他们桌前时，我知道，那一刻他们被震住了。苏阳盯着她很久没有说话，小刚假装打着哈欠，狗子憋了很久后，说："杨一，你丫从哪个山洞里偷来一个仙女？"

一帮坏蛋于是起哄让我喝酒，最后她来帮我挡酒，我这才发现，原来她酒量大得惊人。可能是因为她的藏族血统，一仰脖就是一杯，面不改色心不跳。这让他们肃然起敬。苏阳悄悄问我："别说为她偷渡，就算劫狱，我也干——拿下了吧？"

我说："每次见面至少七八米远，纯洁得跟消毒水洗过一样。"

他不信，还说第二天会跟我一起去铁栅栏看看是否也有艳遇。

我笑笑，忽然之间有点被刺激，扭头过去亲了一下她的脸，她躲了一下，但没有拒绝，转身又和狗子拼酒，可能由于喝得太猛，她的眼睛呛出了眼泪。

我们的哄笑惊起后海沉睡的候鸟，醉意驱走"非典"最后一丝恐惧。卓敏架不住苏阳他们起哄，借着酒兴跳了一段《酥油飘香》，这是我第一次见她跳藏舞，她跳舞的时候更加清丽夺人，像找到了自己的魂。

我送她回去的时候已是半夜两点，她第二天早上还要点名。

摇开车窗，夜风如水。我扭头看她，她也看着我。我把车停到路边，一束灯光照进车里。

“驾照、身份证、学生证！”几个警察站在车外。

我乖乖交出证件，她一动不动，直视着警察。

警察催她。

她说：“我犯什么法了？”

警察说：“先不说‘非典’期间禁止聚集，这么小就玩车震，不学好。”

卓敏直视着他：“你再说一遍。”警察不屑地：“不学好，你妈没教好你吧……”她的眼神里突然绽发一种锐不可当的光芒，闪电般推开车门，冲到那个警察面前就是一耳光。

啪的一声，惊得街上零星的人们回头张望。

几个警察愣住了，他们大概从来没被人打过，更没有被这么柔弱的女孩子打过。这一刻他们活像见着一个怪物，甚至我也毫不了解面前这个暴烈的女孩子，无法把她和那个站在梧桐树下犹如羚羊般的女孩联系在一起。

警察回过神，摸出手铐，她高高撩起腿，一个正踹就准确地砸在他的胸口，他应声倒地。那几个警察被激怒了，按下了电警棍的开关“啪啪”作响。我使劲抱住卓敏大叫：“投降，我们投降……”

我和她在派出所里被分开审问，录下口供。当我在过道看到戴着手铐的她时，她居然笑了：“刚才问了警察，说等会儿会把我俩关在一个禁闭室里，我们终于不用隔着铁栅栏说话了。”

苏阳很快来了，他解决这个棘手的事情用了两件武器：一、钱；二、他老爸。那个被踹了的警察虽然面子上还有点过不去，但还是放了我们。

临走时，苏阳低声对我说：“这个女孩会让你后患无穷。”

我不以为然地看了看苏阳，想起刚才卓敏暴烈的样子，我突然觉得，她出击的时候像一发喷薄而出的霰弹，宛若惊鸿可以击中任何目标。

* * * *

叶子的颜色越来越亮，夏天正在来临。苏阳第一眼看见浅浅，眼神就恍惚。

浅浅就是那个有着妩媚眉毛的姑娘，她是上海人，却说着一口纯正的京片子，这证明她是个聪明的姑娘。更能证明她聪明的是，那天她看到了铁栅栏外的苏阳，又看了一眼苏阳的X5，就妩媚地笑了。

自此之后，苏阳天天下午都跟我跟到栅栏边。我们还经常趁夜色带着卓敏、浅浅去后海玩。其实本没有后海，只有朱自清笔下的什刹海，但“非典”之后，后海就名扬天下。先是一帮爱尔兰人来喝酒，后来就带动中国人，而我们中国人果断地以人数和嘈杂驱散了外国人。

这是可以自由呼吸的地方，每晚人头攒动。有天凌晨，湖深处的小船上好像有对男女在做爱，女的声音很大……我和狗子、小刚哈哈大笑，转头发现，苏阳和浅浅不见了，那辆X5也不见了，大约二十分钟后，他们才开着车回来，浅浅的头发凌乱，目光流离。

但卓敏只会让我拉着她的手，偶尔，也让我轻轻地亲一下她的脸，仅此而已。我每天都去栅栏那里，渐渐发现自己远离了那个梦魇，我甚至睡到中午，享受自然醒。

自“北漂”以来，我第一次能这样安然地入睡，醒来，那个噩梦，终于不再出现。

* * * *

我在栅栏外没看见卓敏，发短信没有回复，打电话没有接听。这样的事情最近时有发生，那个终身未嫁的民舞老师酷爱排练之余，倾诉她当年凄美的爱情故事，不仅拖堂而且禁止接听手机。

阳光温暖，我听着苏阳在电话里说有个商人要赞助我们，听得想打盹。这时浅浅尖叫着跑来了：“卓敏，疑……疑似了。”

我瞪着浅浅，不明白她在说什么，她在栅栏那边断断续续：“烧到了39℃，三院刚刚把人拉走，现在所有楼道和寝室都在消毒！我马上要去接受排查了……”

浅浅脸色如纸，转身就跑。

我大叫一声，开车疯狂追去。一路上也见着一些救护车，我使劲按喇叭，大喊“卓敏”！我希望她能回应我，哪怕只是在车窗里做个手势。可救护车上要么根本没病人，要么司机伸出头来骂我：“精神病，找死就直接去小汤山。”

奔到三院，远远看见一个担架车正从救护车上下来，上面的人一动不动，所有急救人员戴着防毒面具。我冲过去时，电梯门关上了。转身向消防通道跑去，我怕如果不能在卓敏被推进观察室前看她一眼，将永远看不到她了……

我终于在七楼隔离室看到了卓敏。她水青色的练功服还未及更换，长长的黑发瀑布般拖到了地上。我看不见她的脸，我不知道她现在是昏迷不醒还是泪流满面。

两个保安过来赶我走，我与保安撕扯起来。这时，那个叫齐帅的胖子奔跑过来，他看了看我，叫停了保安。菩空树大师说我一生多灾多难，但总会在危急关头遇到贵人，齐帅就是我的贵人。他就是栅栏外拿着平底锅打羽毛球的那个胖子，也是这家医院的麻醉师。他说一定帮我。

菩空树大师说：如果足够悲伤，你会听见世界上所有声音。

那天晚上我留在医院没有走，我坐在医院空旷走廊的长椅上，嘴巴发苦，被耳中各种残忍的声音淹没……有一刻我好像听见卓敏在哭，像婴儿一样在哭。我轻轻走到急救室玻璃窗往里看去，各种仪器闪烁着诡异的荧光，卓敏戴着巨大的氧气面罩，在镇静剂的作用下沉沉入睡。她一动不动，未知死活，她单薄的身体那么不真实，轻飘飘的没有一丝分量，像是一个忧伤的传说。

我焦虑而恐惧，大脑空白如洗，静静坐在长椅上，感到灵魂脱体而去。

后来，我好像睡着了，做了一个奇怪的梦，梦见卓敏白衣白袖欲走还留，她在一团滴着水珠的云雾里披头散发，像是被一只神秘的大手拖着，然后转头，似乎在呼喊我的名字，她的眼泪一滴滴落下云端，在半空中变成了一颗一颗的水晶珠子……我大叫着醒来。

* * * *

耳边是声声鸟鸣，让清晨挂着些湿意，我恍然不知身在何处。

慢慢睁开眼睛，头暴痛，使劲转动眼珠，眼前海市蜃楼般出现一张苍白透明的脸，卓敏就在玻璃窗里面，从上而下凝视着我，眼底已有一道斜斜掠过的阴影。

我看见她对我说话，可听不见。咫尺之遥却如世界尽头，我用力去推隔离室的玻璃门但纹丝不动。我大叫医生，卓敏在厚厚的玻璃窗那边泪眼婆娑。

一个医生跑过来厉声斥责我，命令保安马上把我拖走，我央求他们让我看卓敏一眼，只看一眼。

那医生挥舞着手大喊“拖走、拖走”。我拼命反抗，最终被强壮的保安反剪双手按在地上。等我昂起头去看卓敏，她睁大眼睛，似乎“啊”了一声，向后一仰，消失在玻璃窗后面。

我悲痛欲绝，大声喊叫。这个世界上，卓敏其实就是个孤儿，她无依无靠，独自在北京跳舞。我不能离开她。我挣扎着起身，我知道我有点情绪化，其实我只是想再看一眼卓敏，想确认她昏倒之后会不会醒来。我掏出一切可以证明身份的证件，医生推开；我编造足够打动人的理由，医生很不屑；我向他们作揖，医生露出烦躁的表情；我甚至卑微地说：“如果下跪可以留下来看她一眼，我就跪下了，求您。”说完这句话，我眼睛一湿，跪下了。

这时齐帅像个圆圆的皮球滚过来，他打着手势向那个医生解释了很久，我被放开，但被要求立即离开。这时护士跑出来大声说着什么，那个医生看了看我，急急转身进入隔离室对卓敏进行抢救。二十分钟后他出来，也并不管我，低着头像是自言自语：“有点贫血，休克了。她很幸运，从血清透析结果来看应该只是感冒而不是‘非典’，不过现在不能确认，必须观察一周。”那个医生走到走廊那头，又回来，想了想，说：“你可以每天上午来这里看看她，但只有十五分钟，记住，这是我最大的权限。”

我大喜，回头，卓敏正躺在那张洁白的床上，她向我笑笑，那抹笑容，柔弱如灯。

每天上午十一点整，我就会准时出现在医院四楼急救室那扇玻璃窗前，那扇玻璃窗，是我们互通两个世界的唯一出口。那是一个无声无息的世界，我们听不见对方一点声音，也不能使用手机、录音笔等一切通信工具，但我们知道对方在说什么。

她指指眼睛，我知道她想我了；我摸摸眉毛再竖起拇指，她知道我在说她仍然很漂亮；她把嘴角往上一翘，我就知道是要我开心过好每一天；有时候我们就各伸出一只手，隔着玻璃窗贴在一起，五指轮流弹着键盘，节奏默契，那是我们在铁栅栏两侧隔空演练出来的“双剑合璧”……她的体力正在恢复，手指灵动，像跳舞的精灵。

我会带上一个题板，把想说给她听的话写在上面，我会画上各种漫画，让她和护士在玻璃窗里笑得直不起腰。还有一次，我在上面写下了她最喜欢的那首民谣：

在那东方的山顶
升起皎白的月亮
未嫁少女的脸庞
浮现在我寂寞的心房

她看着题板，脸上开始出现红晕。

还有一天卓敏就可以出院了，医生破例允许我多待十分钟，我说："谢谢！"转身把嘴唇贴上玻璃窗，卓敏的眼神像水一般清澈流动，隔着玻璃窗合上了我的嘴唇。

这是我俩第一次真正的接吻。

* * * *

不知为什么，我和卓敏之间总有各种阻隔，先是口罩，后是铁栅栏，现在是玻璃窗，我不知道未来还有什么，但我坚信我俩终将走在一起，连"非典"都不能把我们分开，这世上就没有任何一件事物能把我们分开了。对此，我们都深信不疑。

卓敏出院那天，脸庞被阳光打得灿若桃花。但医生说她有点贫血，让我回家一定给她好好补一补。

那段时间还发生了两件事。

一件是，苏阳那个身在加拿大的女友突然回国，开门正好看见苏阳和浅浅抱着靠枕在沙发上看碟，她上去就抽了浅浅一耳光……然后，苏阳的女友就成为“前女友”，浅浅正式成为苏阳的现任女友。

另一件是，菩空树那个方丈院里的柚子树开花了，引得全寺的僧人都来看。那棵柚子树他已种下二十来年，从未开花。他发来短信，说这寓意有一件奇怪的事情将要发生。

他还说，世界上没有真正的爱，真正的爱是对爱人的伤害。

我不太喜欢这个有点疯疯癫癫的半老头子，他时常坐在鲜花寺半坡上那棵柚树下打禅，嗅着柚树迷离的清香，眼里突然会闪出一股混浊的光芒。我知道他喝酒，有时候还偷偷吃肉。我不喜欢他，也不相信他。

一年前我离开成都时，曾经去过一趟鲜花寺，他站在那道灰旧的屋檐下对我说，世间的事就像他脖子上那条被鲜花寺传承了八百年的念珠，没有谁是开头，没有谁是结尾，一颗珠子连绵着另一颗珠子……

我不想再听，转身离开时，他仍在身后混浊地说：“一切没有结束，一切只是开始。”

* * * *

卓敏出院第二天，官方就宣布“非典”结束。只是这结束远没有盼望中的轰轰烈烈，人们只是扔掉口罩，冲进餐厅，疯狂购物、泡吧，像过去一样随地吐痰和吃各种动物，恍若一切未曾发生。

我和卓敏沿着简单而美好的方向迅猛发展。很久以后我才明白，如果没有发生那件晴天霹雳的事，如果那个秘密没被揭开，我和她可能已结婚生子……一起吃饭，一起睡觉，一起在黄叶细碎的公园散步，在长椅上苟延残喘，慢慢变老，在一个阳光洒满餐桌的早晨，大笑三声，猝然死去。

但那件事注定要抓住我们。虽然在眼下，还看不出任何端倪。

第三章

我终于飞往成都，因为武青执意让我回去看看老友们。

武青就是当年用亚光刀一刀刀划破赵烈的小个子。那年赵烈伤好以后，有一天我们又去了“回归”，我们大口喝酒，大把吃着串串，武青走过来，站在我们背后，看了很久，上来拍了拍赵烈的肩膀说：“以后到这儿喝酒，算我的。”他是景颇族人，一手飞刀出神入化，据说十步之外可以射杀一只蝇虫。

成都仍像那个怀春的小寡妇守着一份闷骚。和一年前我离开时没什么不同，空气湿润暧昧，女孩火辣性感，满大街的麻局波澜壮阔，飞机还在空中盘旋时，我仿佛就听见麻将声直冲云霄。

* * * *

我还记得一年多前那个闷热的夜晚，在玉林那条昏黄幽暗的小巷，赵烈说："明天早上来看我比赛吧，最后一次跳了，我真的很讨厌从空中往下掉的感觉，不想跳了。"

认识他这么多年，他第一次邀我去看他跳伞。

赵烈开车送我们回家时，豪迈地说第二天肯定要跳出一个零踩点。车身晃动，供在后视镜上的一尊菩萨像断线坠落下来。

赵烈笑言，菩萨他老人家也想跳伞。

那天晚上他跟我约定，等他最后一跳后就去看雪山。他说总是从飞机上看到雪山，却从没有走到它脚下，这次一定要去拜拜。

第二天清晨阳光耀眼，能见度极好。我还记得，当我的车超过一辆军车时，嗅到一股香味……抬头看去果然是一群女孩，我奋力打了个呼哨，头顶上立马传来山花烂漫的"耶——"。

穿着一身迷彩跳伞服在指挥塔前等我的赵烈像头兴奋的花豹冲过来，对我敬了个礼："报告巴顿将军，请求立即轰炸柏林。"头戴风镜的他很帅气，跳伞靴碰得铿锵有力。

我大声对他说："按A计划执行轰炸，但务必保护各色美女……"

这时两辆卡车冲进大院，一群女孩子像春天里跳下河里的娇态可掬的小鸭子一样下了车，还有几个姑娘正向我们这边张望。

"是文艺兵。"仅用鼻子闻我也能断定。

赵烈不解地："为什么？"

"普通女兵下车，先抬腿，落地后撩头发；而文艺兵因为留着部队硕果仅存的长发，所以是先撩头发，再抬腿落地。虽然今天编队行动要求她们把长头发盘进军帽，但平时养成的习惯改不了。”

赵烈崇敬地看着我，他向远处的女孩挥着手。我跟他说：“低调，等你落地时一定帮你搞定一个。”

他使劲儿点着头。这时指挥塔上集合的蜂鸣响了，他猛地拉上风镜转身走去，嘴里念念不忘“先撩头发，后抬腿”……

这场国际锦标赛邀请了很多外国名流，还有大型文艺演出。演出前，我挂着通行证在后台逡巡，端起相机在那些女孩身上扫来瞄去，说些流行段子逗那些女孩子笑，她们好多都笑得花枝乱颤，也有一些女孩儿没有理睬我，一直仰着头看着天空。我觉得了无生趣，听见“伊尔-14”雷鸣般的声音，看见一张一张雪白的伞衣像木棉一样从湛蓝天空飘下。

跳伞开始了。

我从未想到跳伞也有这么性感的画面，漂亮得让人看一眼都会崩溃。

太阳完全升起，照在大片大片金黄的油菜地上，有种灿烂的忧伤。我喜欢这样，觉得世界的尽头就是这样空旷漂亮，没有人，只有风，风刮过它自己透明的灵魂，漂亮、孤寂，无药可救。

赵烈坠落得一点预兆都没有，就像一颗天外陨石势不可当地坠落下来。准确地说，他像一个可怜的小球，被一根巨大的白色木棍从高空刺下，在地心引力作用下飞速坠落，证明着牛顿的伟大发现。

他是如此优秀的世界跳伞冠军，与生俱来的空中骄子，他在八百米高度的飘逸动作和红外导弹般的落点让对手在十年内都绝望，是比赛永远的压轴选手。所以这次他仍是最后一个出跳，像往常一样打了个呼哨，从“伊尔-14”巨大的肚皮中跳出。

但引导伞灵蛇般诡异弹出，缠住正准备张开的主伞，六百万分之一的事故概率，伞打不开，两只伞在空中纠缠着，在巨大风力的拖曳中拧成一根巨大的白色棍子，终于把赵烈向地面狠狠扎来。

那是极其绝望的十几秒等待，漫长如永世。白色的大棍子带着我们听不见但残忍清晰的呼啸，向远处的油菜地扎去，一缕青烟，无声无息。

专程从重庆赶来看儿子比赛的父亲，在主席台上挥舞了一下苍老的胳膊，瘫了。

我身后女孩子们集体失声尖叫，一排排晕厥倒地，还有个女孩儿直接从主席台掉下去，我下意识去抓，但没有成功，她掉落下去像一片轻逸的羽毛。

世界末日，场面混乱，我听见急救车的蜂鸣和人们杂乱的脚步在耳边交错，当我清醒过后，发现手心有种透骨的冰凉，我看了看……那一刻我突然充满愤怒，站在空无一人的台子上大骂：“赵烈，你真他妈操蛋，你不是说跳完这趟后就约我一起去雪山玩吗……”骂完，已是泪流满面。

殓尸的人说，赵烈下半身全部扎在油菜地里，一条腿骨从肩膀上冒出来，巨大的下坠力量让皮肤和骨头之间震裂，殓尸时稍用力就会让皮肤滑脱下来。最后，他们是用一张降落伞才把他的骸骨捡起来的。

我根本没有能力听完殓尸人说的全部内容。

我想起头天晚上赵烈向我借了一个微型DV绑在胸前，他说他要自拍最后一跳的潇洒表情……事后我要来那部摔坏的DV，从残存的硬盘里回顾了那十几秒的可怕情景：呼啸而过的气流已经让赵烈的脸孔扭曲，他试图用随身携带的匕首割断引导绳，但巨大的下坠力让伞绳坚韧如钢筋……最后一刻，他放弃了，他对着我们这个方向喊了句什么，但听不清，我认为他一定是向我喊了什么，也许是喊“我们再也不能一起在玉林喝酒吃串串了”……但我并没有去找唇语专家解读。

这样的解读，对他，对我，都是一种残忍。

我看着赵烈的照片，依然很帅气，每一个细胞都充满力道。这张照片是那天跳伞前我给他拍的，我还记得按动快门后，他笑着对我说：“真棒，以后就把它当遗照吧。”

他一直喜欢这么说话。

赵烈死后，我一直想把那个悲伤的春天从大脑硬盘中删去，但同样的梦魇一直尾随着我：我被一个巨大的白色水母拖向海底深处，我拼命逃脱，但无能为力……

赵烈死前刚刚按揭了房子，欠下一笔债，他的父亲是个老工人，收入微薄。我借了高利贷帮他还清了按揭，可无力偿还，被庄家追杀，被迫离开成都，辗转漂到北京。

习惯是缓慢的毒药，忘却是迅速的解药。

* * * *

我不欲在成都久留，逃回北京。

下了飞机刚开手机，卓敏的电话就来了："杨一，你真没人性。"

在成都的两天都没跟她通话，我讪笑："我连人都不是，当然没人性。"

她带着哭腔："你跟一个女的跑了，我使劲追，追了好久都追不上，那女的还回头对我冷笑，你也跟着她一起笑。"

我大惊："……我什么时候跟女的跑了？"

"昨天半夜，最后我是从梦里哭醒的，现在还哭呢，马上来学校，必须赔礼道歉！"

我无语，大笑三声。候机厅的人避犹不及地看着我。

"非典"正式结束的第三天，我第一次走进她们学校。曾经熟知的每一个细节变得那么陌生。铁栅栏还在，但两侧的男生女生不在了；两排树还在，但枝叶之间清亮茂盛的感觉不在了；那些风还在，但风中飘散的窃窃私语却听不见了……武警小战士不见了，我曾无数次妄想穿过去的那扇灰色铸铁大门，现在轻易可以走过，可走过时，我却怅然若失。

想起《肖申克的救赎》里那个被几十年牢狱生活折磨出惯性的黑人，出狱后，他不"报告长官，我要尿尿"，就尿不出来。

走进那幢爬满常青藤的四层青砖灰楼里，悠长的走廊有种幽深的凉意，女生们都出去了，只有她的门开着。她背对着门，正在一个透明的玻璃瓶里泡着一串水晶，那串她每天都戴在手上的水晶。

一缕缕微小气泡从水晶表面渐次升起，就像正在呼吸，水不露声色地折射着光线，让水晶焕发出灵异光彩……我的眼底突然一阵触痛。

我悄悄站在门边不说话，看见她小心翼翼把水晶从瓶子里拿出来放到一块白色哈达上，让窗台上的阳光蒸发上面的水珠。

我悄悄走到她背后，附在她耳朵边问："昨晚那女的长得漂亮吗？"

她猛地回头，幽怨地看着我："想入非非了吧？做你的妖精梦去……"然后别过头去盯着水晶闪烁的光，我伸手想去扳她瘦削的肩，她张口就咬上去，很疼。

我大喊"疼、疼"，她才松开口，笑着转身跑向窗台，然后变得郑重，对着水晶拜了拜，小心地拿起："这是'碧玺'，有很强的灵性和记忆，会给主人提示祸福。"

我还来不及反应，她就把碧玺戴上我的左腕。

突然感到一阵冰凉的刺痛，一串冰，寒意迅猛地融化在我的腕骨深处。

"把它泡在玻璃瓶子里干什么？"我问。

"消磁，每颗水晶都有自己的灵性，它们会呼吸，会沾上外界的戾气，每隔一段时间就要用最干净的水把戾气消掉。它能记忆主人的磁场，也会改变主人的磁场，所以不能让别的女人摸它。"

我用手指转动着珠子："怎么珠子是单数？"

"因为……有一颗死了。"

"水晶也会死吗？"

"有生命当然就会死，但，有时它也会活回来。"

"什么时候会活回来？"

"遇到，她爱，并爱她的人。"

说话时，她的眼睛一直亮晶晶地盯着我。从此之后，我的左腕就戴着这串水晶，如同一串胎记。这是她努力在我身上烙上她的印记，而我无从抗拒。

苏阳跟在浅浅后面走进寝室，浅浅进门就夸张地展示脖子上的项链："他刚给我买的蒂凡尼，一万六千多呢。"看见我腕上的水晶链子，浅浅惊讶地盯着她："你真把命都给他了。"

卓敏没说话。

* * * *

我和苏阳去了趟内蒙古乌素图沙漠。

这是一次猝不及防的旅行。狗子向我撞过来时毫无预兆，当时我正陷在一处流沙里，眼前一黑，嘴里咸咸的，耳朵里一条大河"哗啦啦"飞快流过。

这是乌素图沙漠风景最漂亮的时候，也是最危险的季节，等我醒过来时大雨倾盆如注，狗子正"哇哇"地哭。苏阳对他破口大骂。

我断了两根肋骨，很疼，很想她。拨通电话，可是沙漠里信号不好，只听她带着哭腔问我“怎么了”就断了。苏阳凝神看着我，说：“你不觉得她有点‘妨’你吗？认识她后，你进小汤山，进派出所，这次肋骨又断了……”

我不屑地看着他：“你这是嫉妒。”

苏阳帮我念了一条她发来的短信：“唵嘛呢叭咪吽，愿九天十地的神都保佑你。”

我仰望外面，一声炸雷，闪电把黑黑的天幕撕成绚烂的裂帛。

世界上的很多事情发生得就这样毫无预兆。

卓敏一连几天没有上课，她来我那间破屋里，给我熬粥，给我放碟，清洗我脸上那道有些发炎的浅疤。从记事起，我这条流浪狗从未在一间屋子里这样安静地生活过，这让我很惬意……忽然，身体的某处正怒不可遏，我抱住她。

那是一个大雨的下午，我分明嗅到雨点砸在泥土上溅起的腥味。窗没关，窗帘妖异地飘来飘去，像女巫在跳舞。

我强忍着肋部的疼痛不让自己号叫，但那种幻灭之后的刺激，让我更兴奋。这样的选择也许出于对卓敏的情欲，也许因为对刚刚发生的那场车祸的恐惧，我不知道，我也不想知道，我只知道当我奋力搂住她时有种破碎的宿命感，万念俱灰的快乐。

卓敏一开始阻止我的进入，拼命抓扯着我，用经舞蹈训练而非常有力的双腿阻挡我，情急之下甚至用藏语大声骂我。她的力量大得惊人，但某一刻她突然放弃，也许是看见我凶狠的眼神她选择放弃。她就像一头优雅的藏羚羊，没日没夜地逃避野兽追杀，一旦被叼住脖子就放弃抵抗，温柔无助地接受屠杀。

渐渐，她下意识随着我的节奏而耸动，她的身体像一根柔韧的青藤，肌肤散发着酥油茶的清香，而且，中央处如同一块散发青草气息的淤泥把我往下吸拽，我深陷其中，温暖得无法自拔。

她的声音像婴儿的哭啼从遥远的地方缥缈传来，有某种伤心，甚至某种神秘……我像驾着一辆失去制动力的车被甩向漫无边际的天空，脑海里突然划过一抹碧玺晶莹剔透的光芒，刺痛着我的整个脊梁，我大叫：“我死了！”

然后无声无息。

终于，她像一个柔弱的婴儿在我怀里睡着了，我轻轻抚摸着她光滑的后背，不知为什么，嘴里有种倦怠的忧伤。

* * * *

第二天，卓敏不见了。打手机不接，发短信不回，后来干脆关机。我找不到她。她像阳光下突然融化的一块冰，毫无预兆，消失了。

连浅浅也没了消息。情急之下，我开车去了白颐路。

守宿舍的阿姨警惕地看着我，说不知道。我亮了记者证，许诺了很多好处，她也说不知道并大有打电话叫保安的架势。我黯然离去，在学校大门口，抬头看见宣传栏那些花花绿绿的照片和标语，笑了。舞蹈系通知，为了庆祝抗击“非典”成功，她们去南方巡回演出了。

我相当欣慰，又恼羞成怒，决意不再找她。

但她的坚韧不拔超过了我的想象，一周过去，竟全然不理睬我。而我的想念却像疯狂生长的藤蔓爬满了整个脑袋，遂向杂志社请了“霸王假”，飞去南方那个靠近海边的城市。

我很容易就找到了这帮隆重出演的军艺女生，因为她们演出的照片在当地报纸上登了整版。照片中央，正是担任领舞的卓敏，她腾空而起，宛若惊鸿，秀丽的身姿充满着穿透一切的力量。

我用记者证很快摸到了她们演出的后台。混乱的人群中，碰到一个戴着金鱼大尾巴的姑娘，她呀的一声拉住我，是浅浅。我“嘘”地制止。她带我躲在台口的服装间里，说卓敏正在表演新剧《白蛇》。

透过厚厚的天鹅绒幕缝隙，一群群大小水妖扭动着腰身水漫金山，而卓敏正是天水之间那条为爱情而奋起的白蛇，身形灵动，穿梭自如。她从波涛中高高跃起，连每一根头发丝都在跳舞……

浅浅在我耳边说：“像卓敏这样的舞感和能量，十五年才能出一个。”

我深深为之骄傲。

这时，卓敏远远地仿佛看见了我，却并不理会，继续挥动长长的水袖。只见她挥动水族漫过金山，在两圈炫目的旋子后，却没能从绸缎形成的波涛中脱颖而出，而是像一根蒿草落在舞台上。

观众哗然，几个扮演水怪的男演员迅速做洪水漫卷状把她抬下去。

贫血。我赶到医院时她已经苏醒，脸色苍白，正在发呆。

我凑身上前，把她喜欢的百合花摆好。刚坐到床边，她就扑上来咬住我的肩膀。我大叫“疼、疼”。她眼睛向上坚决地盯着我，我说“三天没洗澡了”，她才“呸呸”地松开口。

这时我的手机铃响，她伸手抢过，对电话那头霸道地说“你是谁？找他干吗？他不在”，掐掉电话，瞪着我。

忽然她又吃吃笑了，熟练地把玩着我的手机，翻出一些照片，“找你的女生挺多的呀，这谁？这张脸肯定做过，下巴尖得能戳死人。”

这时我才明白她突然消失的原因。

那天晚上睡着后，她肯定偷看了我手机里的那些照片。

我大义凛然，先谴责她这种不义行为，然后解释这里面好多是在杂志帮人“街拍”时留下的作品。她远远地把手机扔给我，不屑：“谁关心你这些破照片，跟我没关系。”

我表示马上删除。她突然幽幽地：“我好怕死，我要死了，你肯定会很快忘了我，像删照片一样把我从记忆里删了。”

我安慰：“你怎会死？你能活到八十岁。”

她跟我抬杠：“八十岁？那成什么样儿了，牙都没有了。”

我附耳悄悄说：“没有牙，那我就亲你的牙床。”

她笑了，使劲捶我，随后又神情严肃地说：“我才不在乎那些女孩呢，哪天我们不在一起了，一定要做最好的朋友。”

她说得无比潇洒，顺手又夺过我的手机，认真查看。

必须承认，我和卓敏在南方度过的那几天，短暂而无比快乐。这是季风前最美好的一段时间，鲜花把这座城市开得明亮妖娆，咸咸的海风让人身心荡漾。老师放了她三天病假，我租了辆自行车带她满城乱逛，和她跑完了几个著名景点，吃遍了几乎所有美食，早上和她一起去海边捡拾贝壳，晚上和她去散步，偷偷砸人家花园里的椰子。

她不许我随便碰她，有时在夜色中散步，我一碰，她就笑着喊“抓流氓”……

有一天，我俩在笔架山脚路过一家孤儿院，一些残障孩子正笨手笨脚在接受康复训练。她执意进去，自报家门教孩子们跳起了舞。孩子们兴高采烈，她却有些沉重，跳完舞便找到院方，助养了两个孩子。临走时她眼泪汪汪：“我从小失去父亲已很可怜了，这些孩子父母双亡就更可怜……”因为她马上就要毕业，于是留下我的地址，以方便和小孩子通信联系。

之后几个晚上，我被她藏在后台观看演出，像夹带的私货。我以家属自居，买了好多零食讨好那些女孩。而她上台前正色交代：“老实点，不准乱看我们军艺女生。”

其实在我眼里，不仅后台，整个世界也只有她一个女孩。我必须离开的那天，她到机场送我，眼波流动，乖乖地说：“从此以后我再也不关手机，再也不折磨你了。”然后热烈地搂着我亲吻，身边的那些广东佬“哇噻”不止。

我相当骄傲，觉得世界尽在掌控。

* * * *

我没能掌控世界，但卓敏已经掌控了我。

回到北京后不到一周，有天中午，一阵破空而来的敲门声把我砸醒。

开门，场面震撼，卓敏拎着一个箱子、两个大旅行包，嫣然一笑：“从今天起，我就不离开你了。”她说实习的歌舞团离我家很近，最近赶排《白蛇》，早上八点钟就要报到，所以她必须搬到我这里住。

那一刻，她像一个异族，堂皇入侵，不宣而战！

第二天早上，我还来不及按习惯抽一支“起床烟”，便发现空气清冷，所有窗户都被她残忍地打开。我睡眼惺忪地看见她用一条纱巾把头包住，一身精干的打扮。

我迷迷糊糊走进浴室，被她一声断喝：“牙膏必须从后部挤。”我战战兢兢刷完牙，不知何时她已站在身后发出指令：“牙刷头必须朝上，免得生细菌。”我出去找塞在鞋里的袜子，她身手矫健地递来一双干净松软的袜子：“每天换袜子，穿过的袜子绝不能塞鞋里……”我崩溃地坐在床上，正准备点烟，遥遥从浴室传来：“卧室不能抽烟，烟灰别抖落在烟缸外。”

江河沦陷，主权旁落。整整一个上午，我像一个卑微的失国者般配合她对房间坚壁清野式的扫荡。再也闻不到熟悉的味道，找不到熟悉的书、放在墙角的电热杯以及床下的球鞋……我悲愤地告诉苏阳：“这么干净，怎么住人呢！”

苏阳在电话里嗅了嗅，说：“一个有洁癖的女孩，可以毁灭一个世界，不过你终于从流浪狗进化到人类了。”

苏阳说得也有理。

冰箱里所有的方便面被扔掉了，代之以水果沙拉、麦片……桌上摆放着她最喜欢的云南香水百合，还有她给我买的维他命、钙片，并强制我按时服用，据说这可以减轻长期面对电脑对身体的损害。在我十四岁时我妈去世，之后我就不再拥有被人照顾的生活。我躺在沙发上，听得到血液在胃部运行的声音，找到渴望已久的某种柔软状态。这时她就逼我下去散步，说饭后躺着要得脂肪肝。

我家楼后有两排白杨，高大笔直，犹如长廊。她大呼小叫，沿着树廊翻了一路的侧手翻，看得我眼花缭乱。翻累了，我俩就会走到河边，看一会儿落日，再慢慢往回走。走着走着，卓敏就提议石头剪子布，谁输谁就要在树上刻下一次“我爱＋对方名字”，还要背对方回家。

我本不喜欢这幼稚的玩法，但看她眼神里透着大义凛然，只得就范。当然，总是我输。因为即使我赢了，她也会改变赛制：“不行，三局两胜。”又输，“不行，五局三胜……”

她背着手踱步，偏头端详树上的字，大获全胜的样子。最后我就背她回家，还要用钥匙刻下“我爱卓敏”。

北京的秋天，阳光洗练，每一棵白杨树都发出碎碎金黄。她一路眼花缭乱地翻过去，我慢慢把她背回来。我脚步沙沙穿过白杨林，不知何时她就睡着了，回到家里也坚决不下来，两腿紧紧缠住我，迷迷糊糊地说：“别放下我，当我的床……”那一刻我觉得温暖而滑稽，觉得我就是她未曾见过面的爸爸。

卓敏就是这样，悄无声息地侵入了我的生活。

* * * *

其实后来我常常想，为什么会在一个漆黑的夜晚被一个不知道名字、不知道长相的女孩挟持，丧心病狂地拉着她在这座城市午夜狂奔，我费尽心思再次碰到她，隔着铁栅栏去见她，和她聊天、打羽毛球，隔着医院厚厚的玻璃窗吻她……我想了很久，最后给自己的答案是：因为她恰好符合我脑海中的某种影子，那种清澈正好洗净我长久以来的梦魇。

我正想改变自己的生活，她及时出现。

可她为什么会爱上我？是亡命天涯的勇气，是铁栅栏边上的浪漫，或者是连我自己都不太相信的“似曾相识”？她可以有更好的选择，却选择了我这颗飘浮在城市里的尘埃。

我从不相信所谓缘分。很多时候，两个人能在一起，相亲相爱，只不过在长年的沙场中两军都杀得累了，抬头见到最后一个对手，决定彼此缴枪不杀。

第四章

很快进入初冬。

那年冬天意外地多雨。

我和苏阳在东棉花胡同那家老店涮肉的门厅等座，卓敏和浅浅去隔壁买零食。正百无聊赖看着玻璃窗上升起各种形状模糊的雾气，一个女孩在窗外向我招手。

她是我大学同学，我俩大学毕业前半年才开始恋爱。我“北漂”不久，她就短信通知我“对不起”。那天晚上我一个人在三里屯喝了很多酒，吐得肝肠如绞，突然想通了。第二天上午我甚至还给她打去一个电话，强作大度地祝福她与新欢百年好合。她在电话里幽幽地说：“杨一，我知道你现在很难受，但他更能满足我对物质的愿望，我总不能一辈子跟你过这种漂泊的日子吧。”我和她就这样断了，像一切从未发生过。而此刻，她笑吟吟看着我，说她马上要嫁人了，还说永远记得和我的一点一滴。

这时卓敏眼睛亮亮地站在我面前，笑着说“你们聊，不打扰”，就进去了。我赶紧跟进。但心里牵扯，按前女友刚留的号码聊作回复：“我也记得和你的点点滴滴。”

吃饭时，自然顾左右而言他。

卓敏一直眼睛亮亮地看着我，看得我发毛。

我借口上趟厕所，等我回来，卓敏却不见了。苏阳同情地看着我。还是浅浅忍不住说：“她……拿着你的手机上厕所了。”这时我才发现我放在桌上的手机不见了。

我着急起身冲向厕所，使劲敲门，她不开。

我大力敲门。门开，卓敏像一把明晃晃的刀子杀出来。

我故作无辜地望着她，她举起手机亮给我看刚才发去的短信。

幸好苏阳手快，否则手机就被她扔进沸腾的锅里了。

晚上回家，相对无语，我进里屋上网，她在客厅情感丰富地看着韩剧，为剧中人的情感唏嘘不已。那个即将嫁人的前女友还发短信，回忆那年冬天和我一起去滑雪，我用点燃的酒细心地给她揉扭伤的脚……

我做贼心虚，把手机调成静音。但卓敏仍敏感地问：“谁？”

我：“没谁。”

她：“没谁你一直玩手机。”

我只能有限度招供：“群发。”

“群发？群发你回复它干什么？”

她突然现身，灵蛇般出手抢过我的手机，冷冷地看：“你确定这是群发吗？”

她果断按下“回叫”，开了“免提”，三声蜂鸣，对面传来清晰的声音：“想我了吧？”

此时，我很绝望。那女孩在免提里声音响亮：“你怎么跟一个跳舞的女孩儿好了，藏族女孩儿性子烈，你要当心哦，喂，你说话，说话啊……”

卓敏对着免提冷冷地说：“他说不了话了，因为，他死了……”

那一头的前女友终于明白了什么，沉默了两秒钟，挂断。

我冲向卓敏，她力气大得惊人，推开我，光着脚跑向阳台：“再过来，我就把它扔下去，我也跳下去。”她站在阳台上高举着手机，就像高举着一颗准备用来与敌人同归于尽的手榴弹。雨水把头发浸湿沾在脸上，黑暗中，她目光决绝，无比悲壮。

我愣在屋里，她站在阳台，我们对峙了十几分钟。

这时已入初冬，她因为寒冷和愤怒不停地颤抖，我心中一阵刺痛：“进屋吧，我投降，投降……”

她不为所动，固执地高举着手机。

我只能说“我爱你”，不断地对她说，说了很多遍，我知道，这是她的死穴。

她站在雨中愣了一会儿，突然冲进来紧紧抱着我：“我要你再说一遍，再说一遍，我就喜欢听你这么说。”

她只穿了内衣内裤就冲到阳台上去，皮肤因寒冷而出现粒粒细小的疙瘩，鼻涕和泪水混在一起往下滴。

我不停地说着“我爱你，真的很爱你”。

她哭了。悲伤无声无息刺进我的躯体。

* * * *

我真的爱卓敏，但我觉得有时她在折磨自己。

很长一段时间来，每当我手机铃响，她就像雨林里的响尾蛇一样敏感地竖起脖子，眼神锐不可当。到后来，她已臻化境，竟修炼到能隔空判断来电者的性别。如果来电来信的是哥们儿，她基本不问，自顾自地练功或看韩剧；如对方是女孩儿，她会灵异地问："谁？"通常这时，她会弄出点声响以示存在，或大声问："晚上去哪儿吃饭？"更可怕的是，如果我外出跟哥们儿打桌球，她像看到真画似的从不查岗；如身边有女孩，哪怕是哥们儿带来的女孩，我刚坐下，她的电话会像红外追踪导弹般追杀而至，屡试不爽。这时她总有十分恰当的理由，比如家里有老鼠跑过的声音，比如她正在看的某张碟里正出现很惊悚的镜头……

我怀疑她是否拥有某种特异功能。

这让我对她充满敬畏。

晚上睡觉前，她一直在和浅浅打着电话，不时回头似笑非笑看我，看得我心里没底。

她施施然走过来，冒出一句"斩草就得除根"。

"回到明朝，你绝对是一个东厂高手。"

"你爱不爱我？"

"爱。"

"有多爱？"

"最爱。"

“最？还有比较？”

“不，只爱。”

这是我们之间操练得烂熟的套路，虽然很无聊，但这时她会很满意，躺下之后，熟练地在我的肩膀处找到最舒服的位置睡去，像一个喝足奶水安然睡去的婴儿。

次日早上，我去外屋打开手机发现，手机里的短信除了她给我发来的以外，无一幸存。我大怒，回头，见穿着睡衣的她正一脸无辜地给一只布熊梳着毛发。

好几天她都不理我，高傲地在家里晃来晃去，给香水百合浇水，练功，做瑜伽，算塔罗牌，并不时因变幻的牌相一惊一乍。她坚持给我做早餐，沉默地和我一起吃饭，按时按量把那些维他命、钙片放在桌上。她每天摆弄她的录音笔，我不知道都录了些什么，我也无所谓。

这就是卓敏，一个从河的上游漂流而下的女孩。我捡到她了，对她很好奇。她身上有两种互相矛盾的东西，时而清澈得像一颗水晶，时而暴怒得像一颗霰弹，不管能否命中目标都会奋不顾身，哪怕粉身碎骨。

我隐隐感觉到她身上存在着危险的东西，但又怀着一种侥幸，似乎只要我不去追究它到底是什么，它就并不存在。

* * * *

时间飞快过去，转而进入深冬。

苏阳一边摸着鼻子一边在我面前晃来晃去，每回他遇到难题就这样摸鼻子，我怀疑有一天他会变成一头独角兽在大街上横冲直撞。

他终于停下来，说：“那家答应赞助我们一百万的牛奶企业黄了，比黄花菜还黄。”

他又说：“你应该还记得寻找金沙江源头也就是你救我命的那次吧，有个叫唐显的赞助商，他愿意出五百万赞助我们玩户外，而且可以玩大的。前提是让我老爸帮忙解决海淀的一块地，很棘手，把工业用地改成商住用地，风险很大。”

“你老爸会帮你？”

“不会，但我可以去找我妈，江湖告急，她老人家总不至于见死不救吧！而且唐显提出了一个无法拒绝的条件，除了五百万赞助款，还让我在新的开发公司里占百分之二十八的股份，我任总经理。”

“天上掉下来的不都是馅饼，也许是一块石头，砸死人不偿命。”

“以我的名义来注册公司，确有风险。不过，国土部门那些人好多是我妈部下，程序做漂亮点，工商税务也看不出猫腻。还记得我的护法名言吗？”

“宁输给冲动，不败给稳重。”苏阳就是这样一种人。

看着他热烈的面孔，想起当初我因帮赵烈还房债，借了三十万高利贷跑路到北京。他知道这件事，拎着我跑到武青的老板那里，说：“他连本带利差你六十万。现在老大你有两种选择：一、挑了他脚筋，钱不用还了；二、我这里有四十万，你收下，两不相欠。”老大收下四十万支票，回头对武青说：“给他们开瓶人头马。”

苏阳又开始摸他的鼻子，摸了很久，决然地说：“这次唐显的事，我还是选择冲动。”

接下来的几天异常忙碌，苏阳甚至让我叫了十几个红包记者当托儿，煞有介事开了个新闻发布会，地点就安排在唐显在郊外的庄园。当谎言包装到一定档次，就是新闻发布会，大家心照不宣。

* * * *

那天天降大雪，会刚开完，卓敏的电话就来了，风雪中漫卷过一种伤心的味道。她带着哭腔：“快，救救它。”

当她把那条小狗从怀里拿出来时，我以为它已经死了。它身体僵硬，毛发干枯，眼睛里蒙了一层灰灰的东西。

人们已经连续三天在楼后白杨林边看到它。第一天，它还可以用瘦弱的腿摇摇晃晃支撑着去垃圾桶寻找食物；第二天它已走不动了，只是因饥饿而低声哀叫；第三天，它趴在那片草地上又吐又拉，任凭过路的孩子向它扔石头，漠然地闭着眼睛。

没人知道它何时出现在树林中，也不知它从哪儿来，它越来越虚弱，它快死了。

快死的小狗瑟瑟发抖，蜷缩在一棵白杨树下。它那么瘦小，却知道尽量去保护自己，一旦有人试图走近，它就在喉咙里发出威胁的声音。老门卫说：“怪可怜的，明天等它死了就埋了吧。”

雪碎碎落下，大地渐次空寂，后来人们不太听得见它的声音。

可是当卓敏走近，它竟不抗拒，鼻子里发出“呜呜”哀叫。当卓敏把手搭在它的脑袋上，小狗突然睁开了眼睛，露出一丝渴望的光。

后来她说：“那一刻我好想哭，它好像认出了我，我也认出了它，我觉得和它有缘，我要救活它。”

小狗的鼻尖已没了湿润，却奋力从积雪中挣扎出来舔舐她的手，那是它体内最后一丝力气，却用来紧紧跟随着她。她拉开羽绒服，用体温呵护着它，它竭力用毛茸茸的爪子抓住她……

老门卫说，没救了，拉得太厉害。

卓敏决绝地说：“我要把它救活。”

我觉得这只是聊尽人事。

室内的温度让小狗有了点活力，卓敏端了一小杯牛奶，它很饿，贪婪地把整个脑袋伸进去，然后吐了，身体糊得白花花的，在一个大鞋盒子里昏昏睡去。半夜时分，它开始呕吐、拉稀，好像要把瘦小身体里的肠肠肚肚都拉出来，眼睛逐渐无神，瞳孔放大。

“它活不过今晚。”我断言。

她愤怒地对我喊：“胡说，它一定能活！”

附近的动物医院都没开门，电话打不通。她翻箱倒柜找出两片黄连素，又给它喂了一支庆大霉素。她一夜没睡，一直摸着小狗的脑袋。我知道她的固执，从来都会歇斯底里去做她认为尚存希望的一切事情。

第二天，太阳出来，奇迹出现。

小狗摇摇晃晃从盒子里爬出来，它在原地昏头昏脑站了一会儿，沿墙脚慢慢走了一圈。我发现，它的眼睛有了些许光芒，尾巴轻轻摇动。“它还有救。”我对两眼通红的卓敏说。

她激动地抱起小狗使劲地亲了一下，又感激地亲了我一下。

小狗突然“汪”地轻吠一声，微弱，但有温度。

小狗在卓敏的细心呵护下迅速康复，随风成长。一个星期后，它就正常饮食，两个星期后，毛发展现光泽，一个月后，它居然可以在我调教下学习上厕所，拉完之后还会“汪汪”直叫提醒主人打扫。

它的爪声会在清晨“嗒嗒”响起，它跑进来趴在我们床前，眼睛亮亮，用湿乎乎的舌头舔我们的脸催促我们起床。每天傍晚它会站在家门口，门一开，就迅猛地扑上来，连亲带舔，看我们有没有带好吃的零食回来。它很奇怪，喜欢吃大白兔奶糖、喝可乐，边喝可乐，边不停甩着粉红的舌头。

我发现它血统不纯，似乎是杂交的金毛猎犬，但卓敏说：“我们混血儿就是聪明。”

它脑袋圆圆四肢矫健，眼神憨憨透出一种纯良。有时候，它会独自蹲在阳台上仰头看着天空，这时，卓敏就会认为被遗弃的它在想念妈妈。它好像特别喜欢听一首叫《木鱼石的传说》的老歌，歪着头，喉咙里动情地“咕噜”应和着。

“宝宝会听歌哪！”

她叫它“宝宝”，并自称“妈妈”，偶尔我和卓敏发生争执甚至开玩笑时，它会坚决站在她那边，跑过去紧紧倚在她脚旁，头冲向我，龇牙，这让我顿感失落。

我们时常到白杨林中散步，冒充一家三口。

* * * *

可是这一家三口的温馨并没有持续多久。

北京的“打狗行动”开始了。

打狗队员个个都像洪七公的传人，手持胶木做的打狗棍，照狗最脆弱的鼻子打去，打晕了再用电击枪补击心脏，据说这一招真的叫“天下无狗”。

当打狗队员围住楼下门卫那条已经养了十二年的老黄狗时，它正趴在一棵白杨树下懒懒地晒着太阳，享受着生命中最后一段安详的时光。它已经很老了，听力和嗅觉也大不如前，全然不知危险正逼近它，一个队员闪电般就打断了老狗的脊梁……老狗立刻趴在地上“哧哧”喘着粗气，眼泪长淌。

队长冷冷地看了一眼就说：“狗有七条命，恐怕等会儿它还会活回来，再补几下。”然后就抽着烟走开了。

她向我述说这个故事的时候号啕大哭，然后抱住宝宝做誓死捍卫状：“谁敢动它一根手指头我就和他拼了。”

我给好几个朋友打去电话，他们都说“办了养狗证也没用，这次是凡大型犬都不准留活口了”，不过狗子说他姑父在顺义乡下有个养猪场，可以把狗寄养到那里。

那是北京冬天的一个寒冷的凌晨，天还未亮，我们像地下党转移一样悄悄抱着狗上了车。几个养狗的邻居跟我们同行，这是卓敏的善举。除了她之外，大家默默不语。

“宝宝，在乡下要听话啊。”

“宝宝，要想妈妈啊，妈妈每天都会想你的。”

“宝宝，要是饿了就吃妈妈给你准备的大白兔奶糖，别吃坏了肚肚。”

她抱着宝宝泪眼婆娑，宝宝浑然不觉，憨厚地舔着她咸咸的泪花。

雪花暴怒地打着车窗，我差不多趴在挡风玻璃前才能看清被雪花迷住的道路。为了缓和车里有点悲伤的气氛，我笑着：“弄得那么生离死别！只是出去躲几天风头，又不是送它们去韩国餐馆。”

她盯着我：“杨一，你好没人性。”

我尽量想让她轻松：“其实是缺乏狗性。”

车里的邻居们开始笑了。但她更加愤怒：“宝宝，等你长大了就咬死他，他根本不爱你。”

宝宝转过头来冲我“汪”了一声。

我对它龇牙。

那一刻我忽然也感受到了一阵生离死别般的悲痛，我摇摇头，将它驱走。

* * * *

所有“阴谋”都比“阳谋”更加顺利，“工业用地”被悄悄改成“商住用地”只用了不到一个月。

“每亩土地至少赚五十万，一百亩就是五千多万……”苏阳的眼神很灿烂，而唐显扶了扶他的阿玛尼眼镜，清雅地说：“和钱无关，跟理想有关。”

“会不会出事？”我问。

“刀刃上的肉才肥。”苏阳又开始摸他的鼻子，突然纳闷，“我的眼皮这两天为什么一直在跳？”

那天唐显请我们带着各自女朋友去“国际俱乐部”吃西餐，他很高兴，当场给苏阳签了一张高达五百万的支票，还不断夸奖浅浅和卓敏漂亮。他有意无意地提到，与前妻离婚从美国回来后，他至今未婚。

浅浅站起来浅笑低吟地举杯感谢唐显：“谢谢唐老板。”

唐显举起杯子邀卓敏同饮，她冷冷地说：“我不会喝酒。”

我知道卓敏擅饮，她只是不愿跟不喜欢的人喝酒。

那天其实是卓敏的生日。

唐显有事先走之后，她跟所有人都干了杯，我们差不多把酒吧的存酒都喝光了。所有朋友都来了，那帮姑娘，狗子和小刚，连胖子齐帅也带着一个叫燕子的女孩子来了，长得一般但很温婉。

卓敏喝着喝着就哭了，说我欺负她。

大家一起谴责我。苏阳还说：“你要不珍惜就早点说，这里单着的哥们儿多着呢。”浅浅捶他，板起脸问他起了什么歹心。

吹蜡烛时，卓敏脸笑得像朵花儿一样问我：“你会永远陪着我一起过生日吗？”

“我说过，等你八十岁时，我还会亲你的牙床。”

“生也快乐！”浅浅带着那帮女孩喊，“日也快乐！”苏阳带着狗子、小刚和齐帅使劲儿喊。

我们喝了很多酒，唱了很多歌，互相倾吐对朋友的忠诚和友情，毫不怀疑我们这些兄弟会在危难之际并肩战斗。我们相约直到六十岁时，还一起去雪山、去大漠深处，看转经和日出。那晚大雪纷飞，雪花轻灵地落下，能听得见它们消融时让人心疼的声音。

她终于喝醉了。

我背着她穿越白杨林向家里走去的时候，雪花从天上细细碎碎飘落，空气吸进肺叶有种清晰的刺痛，我听到积雪“吱吱”作响，突然觉得全世界只有我们两个人，我们一步一步走向世界的尽头，尽头有一盏阑珊的灯火在温暖地等待我们。我非常快乐，甚至有种冲动，愿意就这样一辈子背她回家。

我想起刚才玩“真心话”游戏时她拒绝回答的问题——“之前有几个男朋友”。

其实之前我也曾试探过她和几个男人上过床，她从来不愿回答；我又问她一共做过多少次爱，她说“一次”。再问下去，她就会瞪着我。

她突然醒了，风雪中传来她迷迷糊糊的声音：“你愿意娶我吗……”

然后又喃喃自语道：“等宝宝回来……你就娶我，好吗？”

第五章

这个冬天特别漫长，以至于春天来临时我差点儿忘记了它的温暖。

我眯着眼睛看着枝叶明亮的香樟，嗅着风里悄悄绽裂的暗香，我感受得到空气中悬浮的花粉，使劲打了几个喷嚏。抬头，一群早早穿上薄裙的姑娘走在大街上，有热烈放肆的目光……恍然想起，我已回到成都。

＊　＊　＊　＊

相约在成都的三月看桃花，是我的主意。

一个多月前，卓敏放寒假回到藏东家乡看望生病的阿妈。我一个人待在灰扑扑的北京，百无聊赖，突然有点想念成都，想念她。我让她回京经转成都时，一起去龙泉山看桃花。高原信号不好，可听得出她很开心。过去她总抱怨，我从不带她四处去看风景。

在双流机场接到卓敏时，她脸色红润，眼睛更加灵动。

她说这是沾了家乡的灵气。她说她的家乡由五座莲花一样的雪山环抱，中间有一片明亮的湖，湖心有座古老的藏传佛庙错宗寺……然后就急急地问“桃花开了没有”。

我看着她的脸，说“桃花就开在我的眼前”。她高兴得使劲儿掐我。

“去年今日此门中，人面桃花相映红。人面不知何处去，桃花依旧笑春风。”每到三月，龙泉山的桃花开得热烈妖娆，整座山红得像被烧着了一样。热烈之后，花就将结束急促的生命……这并不妨碍人们在树下喝茶、打麻将、听散打评书。这座城市的人们千年来就这样生活，只为自己活着。

她在火焰中跑来跑去，撞落很多花瓣，花径通向一座寺庙。

前山是花，后山是寺，所以龙泉后山的这座寺庙就叫“鲜花寺”。

这是一座有八百年修行的密宗古庙，那些婆娑茂盛的红楠也修行了八百年，风一吹过，红楠叶便转经一样，“哗啦啦”作响。

菩空树大师总说我和这座庙有缘。

我从来没有看出自己和佛有缘，我只是闲来无事去喝他亲手烘焙的茶，那茶用早晨第一层雪露沏泡，会升起一层薄薄的雪雾，像女孩在跳舞。

她一进山门，就很兴奋，叽叽喳喳惊飞了在红楠树上搭窝的燕子们。我告诉她不得惊动菩萨宝相尊严。她突然摆出一个漂亮的“飞天”姿势，说：“快，快给我拍张照。”

卓敏是那种一旦与舞蹈结合就会进入化境的女孩，我迟疑：“要得罪菩萨的，庙里不准随便拍照。”

她说：“不会啦，我只是在菩萨座下跳舞的一个小飞天。”

我想了想，便还是拍了。按下快门时，她大声问我：“你说是我漂亮还是菩萨漂亮？不准说我不漂亮……”

我说：“菩萨是一种慈悲的漂亮，你是一种让人心醉的漂亮。”

这时候菩空树大师就皱着眉，从屋檐下的阴影中走出来。他用混浊的眼睛看了她，又看了看她，低头嘀咕了句什么，我只听清半句：“这是一个不祥的女孩……”

卓敏愣了，问他说什么。

菩空树盯着她看，不语，转身向坡上的方丈小院走去。

卓敏无声无息地哭了，泪珠像挂在心头的一颗痣，坠落在鲜花寺的青石板上。

* * * *

出家人“不妄语”是因为心如止水，但菩空树说，他的心里每分钟都流着一条暗河。

他自小擅长丹青，十七岁去了西藏给喇嘛寺画佛像，画得万千宝相、娑婆世界，二十六岁那年，却突然从西藏回到成都，一头拜倒在前任方丈慈济的膝下，大病三个月……慈济很喜欢他，教他参悟无上甚深微妙法。可他冥顽不化，常常私自跑下山，又被追回。最后一次被追回时，慈济给他画了一幅画：一个男子拼命在奔跑。慈济让他去想这幅画，想明白了，就让他下山。

多年以后，慈济说："我决定这一天圆寂了。"在众人的惊愕中，定菩空树为衣钵传人。

菩空树竟也不再逃跑。

他说他想明白了：每个人的命运就是一幅画，你在画里跑得再快，也跑不出这幅画。

他总是浑浑噩噩，除了喝茶时。

这天，他把我和卓敏带到半山坡上那个浮动着柚树清香的方丈小院里，沏了一壶雪露茶……菩空树唯一可爱之处在于他并不喜欢问"从何而来又向何而去"这样的屁话，却总喜欢和我谈红尘俗世中的事情，比如"高速路为什么还能跑着马车""用蓝牙是否真的可以减少手机辐射"，甚至"中国足球是不是不应该再踢下去了"。

我伸手去拿茶杯时，菩空树突然盯住我的左腕："哪里得来这串珠子？"

"一个突然跑过来的女孩。"

"她又怎么得来这串珠子？"

"从得来处得来。"

"咦，怎么少了一颗？"

"听说那一颗死了。"

她坐在我身边盯着远处正在飘香的柚树，默不作声。

这天风恍恍惚惚地从红楠林的叶间掠过，菩空树站在鲜花寺那道老旧得让人忘记时间的屋檐下向我们挥手告别，脸上露出一种诡异的神色。

他对她说："如果一个人身体上突然长颗痣，就意味着日后会有命运的震荡；如果一个女孩子常常哭，就会在左心口长一颗痣。"

很久以后，我注意到卓敏左心口突然长了一颗红痣，经久不散。

* * * *

卓敏在佛像前拍下的那张照片漂亮得让人心醉。

她的前世也许真是飞天。

后来我无数次前往鲜花寺，当风从红楠树叶间婆娑掠过时，我就会听见卓敏带着笑的声音——"杨一，我漂亮，还是菩萨漂亮……我漂亮，我漂亮！"

一些情景轮回闪现，有种莫名的兴奋或忧伤。

* * * *

卓敏一直保持练早功的习惯，小四在楼下按喇叭时，她狐疑地盯着我："神神秘秘约了谁去看桃花？"

武青已把风水先生请好了，第二天上午八点半是吉时。他希望趁我在成都时把事情办妥。赵烈的父亲总说儿子经常给他托梦："他一个人在成都孤零零的，还是回家乡重庆安生些。"我们去凤凰山给赵烈上坟，然后起坟。我并不想把这种悲伤的事情告诉她："乡下办点事，上午十点前就回来。"

“不行，我看着小四那油头滑脑的样子就不放心，哼，桃花运里有桃花劫哦。”

我想了想，觉得有些事情也该让她知道了：“赶紧穿衣服吧，别化妆，穿素一点儿。”

她高兴地一边穿外套，一边故作妖娆地说着刚学会的成都俚语：“好吃不过茶泡饭，好看不过素打扮。”

风，一路向南。车，一路向北。

和两年前一样的温度，和两年前一样刚刚升起的太阳，和两年前一样洒在车窗的斑驳光影以及油菜花漫卷的金黄。没有人，只有风，只有风刮过它自己透明的灵魂，空旷、漂亮。但和两年前不一样的是，我不再恐惧和忧伤，我已有卓敏，她是一剂温婉的解药，将我从过去的噩梦中拔出。

感谢卓敏，她是阳光下跳舞的仙女。她在车上开心地跟武青、小四学说着各种成都话，后来可能困了，声音越来越小。我转过头去看她，她的脸越发苍白，握住她的手，很冷，像传说中的玄冰。

“是不是贫血？又不吃早饭……”

卓敏点头，捂着小腹，疼。

离凤凰山那道蜿蜒的缓坡越来越近，漫山遍野的油菜花肆意地开放，卓敏的脸苍白得近乎透明，我使劲搓着她冰冷的手……

机场指挥塔下停车，赵烈音容笑貌犹存，余温犹在，我打开后备厢，正和小四往外拿香烛纸钱和赵烈最喜欢喝的酒，卓敏忽然在我身后嘤的一声，晕倒了。

使劲掐着她的人中，她才清醒，弯着腰痛得眼泪淌出，她挥挥手让我们先去上坟。

上坟、起坟，完毕。我们回头，准备下山，瞥见她远远地站在山坡拐角处，像一棵正在风化的女贞树，用最后一丝力气遥望着我。

回去的路上，她一直不说话。她的手冷得挥一挥可以卷起风雪。

我让她先打车回家休息，我们去赵烈家整理遗物。她点点头，眼如寒星，没有看我。

* * * *

赵烈家那盏白炽灯烘烤着我，我像一条焦虑的野狗，在赵烈的遗物中寻找记忆，双手痉挛。赵烈的风镜，赵烈的登山靴，赵烈的瑞士军刀，我们的合影，他从我那里借去的摔裂的DV……我的眼睛妄图穷尽一切细节，以至于耳朵一度失聪，生命中那根最重要的线索时隐时现。

总有一粒荧光改变命运，哪怕它只是一粒偶尔落在眼底的尘埃。

当我翻出赵烈那个灰蓝色运动包时，一颗晶莹剔透的珠子赫然跳入眼帘，我下意识用手指夹起它。

一股冷意刺痛了我。

手一抖，它像一个晶莹的幽灵从指缝间滑落，妖冶弹起，又跌落，又弹起……

“嗒嗒”，像一个跳动的女巫，一个致命咒语。

小四目不转睛看着它，说：“这珠子，和你手上的那串，一模一样。”

我看着，看着，一抹冰冷的光芒从过往时空中霹雳般击中我的整条脊梁，我大叫一声钉在那里，一动不动像个正待解剖的动物标本。答案隐忍待发，我知道它的存在，但我不知道它何时才能出现，怎样出现，出现时，会引发怎样一种灾难！

这颗珠子如此寒冷，却灼穿我的掌心。我的脸突然扭曲痉挛，武青和小四冲过来惊愕地抓住我：“你怎么了！”

我用最后一丝力气拿出那部DV里的盒带递给武青，告诉他一个电话号码……

我能做的，只有等待，等待一条史前怪鱼浮出海面。

我倒在沙发上等待武青回来，凌乱搜索着过去三小时的蛛丝马迹：赵烈、水晶、卓敏苍白的脸、那个开满油菜花的山坡……

武青从唇语专家那里回来时如同游魂，他站在门口的阴影里不敢进来，好像已经崩溃。他指着那盒DV带，断断续续：“唇语专家看了录像带，赵烈在天上喊的最后一句话是——卓敏，我爱你，下辈子再见！”

“卓敏，我爱你。”赵烈说的，对卓敏说的。

是的，卓敏是我现在的女友，卓敏是赵烈的前女友。

我爱上了我最好哥们儿的前女友……一切真相大白，一切的孽竟修成了缘。从开满金黄花儿的山坡，到首都机场混乱的人群，从白颐路铁栅栏外，到鲜花寺转经般的红楠林，最后回到山坡……那个咒语终于穿越茫茫宇宙抵达地球，找到渺如尘埃的我，准确击中我全身上下所有大穴。

我像一根毫无重量的蓑草飘落在地板上，手里紧紧捏着那颗刺透所有谜底的碧玺。

* * * *

我向家里走去时，天已黑了。天府广场的华灯看上去竟如炫耀的鬼火，我彷徨很久，不知回家的路通向什么。

打开房门，她正端坐在家，凄迷地看着我。

我慢慢伸出手，要给冰封的她一丝温度，“留下吧，也许，我们还可以坚持。”

她迟疑，伸出手来……可是两只手刚刚触到时，那串碧玺，“啪”地迸出一点火花，我俩如遭雷击，迅速分开。

很疼。

我俩这样站在原地很久。

我们可以面对死去的赵烈，但面对不了那些熟悉的细节：空旷的山坡，盛开的油菜花……想一想，我们会很忧伤。

她目光坚定，洞若观火，一字一句地：“彼此放过一段时间吧，也许，过段时间我们会好受些。”随后递来那支录音笔。

我看着她，接过录音笔，然后递去那串碧玺，还有那颗失落很久的孤单的珠子……

她和我不敢互相看上哪怕一眼，各自错开。

我把自己陷落在沙发里，呆望着天花板，她哗哗地拖着箱子，开门，向成都温润暧昧得危机四伏的夜色中走去，迅速消失，瞬间化掉了一样。

我打开录音笔，她的声音传来，陈述两年前缓坡上所有的细节——

一直以为我俩在机场第一眼便觉似曾相识，我错了，其实没有什么“似曾相识”，一年前的春天我们就见过面了，只不过我把它忘记了。

其实根本不是忘记，是我有意识想删除那件事，我一直以为已经把它删掉了，可当事情发生，才知道它一直在那里。

当我们一起开向那片开了油菜花的山坡，我隐隐知道有个东西在逼近我。我只是不信这个世间真有这么巧合的事情，但它发生了，真的发生了，像两年来一直站在山坡上等我。

我是在他出事前半年才认识他的。

如果你不介意的话，我承认他真的很喜欢我，我也喜欢他，而且是很快就喜欢上的那种。我永远记得他在太阳下戴着风镜大大咧咧走到我面前的样子，他歪着头对我笑笑，给我描述在天上往下看到的种种风景。他说从天上往下看油菜花，漂亮得让人简直想死，还说总有一天会带我上天去看看……可一直没有机会，直到有一天他说要退役了，他说他退役后就跟我一起回西藏看雪山……

那年春天，我还是军分区的一个文艺女兵，正好跟文艺队到成都汇报演出，当我们知道这一天我俩正好都有机会在凤凰山时很高兴，我们平时很少见面，认为这就是老天给我们安排的见面机会，想不到却是最后一面的机会。

那天我们从卡车上下来时，我正好看见他和另外一个人向我们看来，现在想来那个拎着相机的人，其实是你。

那是那天我和赵烈在地面最近的距离，他向我扬扬手，连我的手都没有拉一下就匆匆上天了……

天啊，很长一段时间来我真的忘掉了那天的事情，不是想不起，只是在那次灾难后我刻意地去忘掉关于它的任何细节。他从天上往下掉时，我还以为他在跟我开玩笑，他总喜欢到比教练要求低得多的高度才拉伞，这样更刺激……

他真的掉下来时，我想上前去抓住他，但我却从高高的台子上往下掉……

有一个人使劲地抓住我的左手，我没看清他的脸。现在知道了，这个人就是你。

等我醒来时，发现手腕上的水晶珠子散落了一地，队里的战友们帮我捡到了，回到房间发现少了一颗。

那是我祖传的水晶，我一直把它当成我的命，我在那天失去一颗贵重的珠子，也失去了他……

秋天的时候，部队为了照顾我，把我选送到军艺读书，我以为远远地躲在北京可以远离这个噩梦。后来我又碰到了你。

在首都机场碰到你那天，我刚刚从成都给他烧香回来。他死去一周年的那天我终于想明白，人死不能复生，我终于有勇气站在坟前亲口对他说“从今我要开始新的生活”，晚上就碰到了你。

不明白，同一天，为什么在人群之中我偏偏碰到你，你拉着我深夜狂奔，你跑到学校里找我，我还把碧玺戴在你的腕上。

我觉得你能给我幸福和安生。

但想不到，两年后，那个噩梦又出现了。这就是人们所说的“孽缘”？

我以为你将是我的开始，想不到你却是我的再一次结束。你是长在我肉里的一根刺，而且随着时间化成了肉，我知道它就在那里，但我拔不出来……隐隐作痛。

杨一，灾难发生了，谁也逃不掉。我只有面对，但我没有任何勇气面对你，也许只有这样的方式才能让我给你一个交代。对不起，我不是故意的，故意的是老天。

我知道，你是我的爱人，你也是我的敌人。杨一，分开吧，我们彼此是对方那一把锋利的刀子，握得越紧，割得越深。

谢谢你，给我那么多美好的回忆……

* * * *

我掐掉录音笔，想让这些声音全部随空气消散掉，但它们像一群哀怨的夜鸟，在天花板上经久不散。

我打开录音笔，喃喃自语——

那天我真的不该伸手抓住一个往下掉的女孩，如果不抓住她，那颗水晶就不会落在我手里……

那天我清醒过来，发现四周空荡荡没有人，掌心冰凉，有一颗不知什么时候捏在掌心的水晶。我失魂落魄走向殓尸的地方，大家正在帮他整理残存的遗物，DV摔坏了，但盒带还残存，我看了带子，听不清他最后在说什么……

其实，我也要删除所有回忆，于是把珠子交给了殓尸的人。

现在明白，为什么第一次我看到你手腕上的水晶，就觉得恍然刺痛。我也没有删除掉它，它只是被其他琐碎的事情覆盖。我假装忘掉。我常常在想，为什么在首都机场那天晚上我会坚定地开车把你带走……

你说得对，我和你根本不是“似曾相识”，而是那个灾难的春天还没有完，我们因为它相识，因为它分开，又因为它再次碰到一起，世界太巨大了，大得像一张巨大的网，轻易抓住了我们这两只可怜的小虫子，让我们无处逃生。

我为什么要走到殓尸的地方？为什么要留着那颗水晶？要是不去，不留，就不会发现这个秘密，就不会伤害到我和我的兄弟，我将和你永远爱下去，一起变老。但我留着那颗水晶，命运真的会被一个细节改变。世界太巨大了，巨大到我和你在两个不同的时间、两个不同的空间居然还能再见。

菩空树总说：相见不如怀念，再见就是灾难。

即使我们还能相互面对，我们也没办法面对死去的赵烈。

爱，是最昂贵的按揭，时间越长，利息越沉重。

其实——爱，就是对所爱的人最大的伤害，你说得对，我是你的敌人。

第六章

整整一个春天，我的世界寸草不生。我的二十六年，从未如此凌乱不堪，生活像一盘不断卡壳的盗版碟，按了“快进键”，人物混乱，情节断篇，只有模糊的画面上气不接下气跑过。

一脸狰狞回到北京，杂志社终于忍无可忍地将我开掉。苏阳拍拍我的肩膀，什么话都没说，给了我一把他公司的办公室钥匙。他和唐显联手的公司每月发我六千块钱，还有“总经理助理”——全世界最无意义的职务。

我无事可干，每天上午十一点才昏聩地坐在那个拥有巨大落地窗的办公室里，从《京华时报》头版看到中缝，喝着唐显送来的“功夫茶”解酒，听茶水穿越食道抵达胃部的声音如斯诺克落袋一般清晰无比。

我一度怀疑暴怒的自己是否得了乙肝，又觉得抑郁寡欢的我血糖偏高，甚至认为我提前患了老年痴呆症，幻想某一天办公室外面的小秘书推门进来递给我文件时，我一动不动，她再推我，我就猝然倒下。人们站在我旁边议论纷纷，有人说我死有余辜，有人说我酒囊饭袋，有人揭发我其实是台湾派来的间谍，案情败露服毒自杀……

我想了很久，并没有想妥自己的死法，继续这样浑浑噩噩过着日子。

齐帅给我做过一次体检，说我是典型的亚健康。

她再也没有消息，我们彼此深受内伤，只得隐身在高山深潭之中。

＊　＊　＊　＊

只有偶尔进雪山、去大漠时，我才找得到自己的魂儿。

开春以后，那些玩户外的又开始活跃起来，一茬茬直往山里涌。我常帮他们运队伍、送器材。最近特别流行去川滇藏那些中海拔雪山，风景秀丽夺目，只是一路险恶，尽是泥石流、披头散发的磷矿车，还有未化的暗冰——有些车顺着暗冰就溜下了悬崖，秋天时有个来自天津的车手就这样摔死在折多山，头卡在方向盘和侧窗之间，样子很难看……

我运气还好，总能平安到达目的地，出山时还顺便带些虫草、川贝，从来没出过大事，有次还带着苏阳出来混。我俩在泸定那家破旧的招待所里，把所有钱整整齐齐摆在席梦思床垫上，点一支烟，极有成就感地瞻仰着它们……三万块，钱并不多，却是实实在在挣来，不像与唐显合谋骗来那块地，生意做得风生水起却令人惴惴不安。

苏阳说他同意我的伪善："至少我们的良心被狗吃得还剩下一半，比唐显吃鱼不吐骨头好一点。"

我们有点杯弓蛇影，其实那块地的开发进行得很顺利，一排排楼正拔地而起，曾经兴起过一阵清查违规用地的风浪，但苏阳那神通广大的妈妈像老母鸡一样把他庇护于翅膀之下。

苏阳说唐显还想扩大地产规模，而我并无兴趣。我只想进山、出山、捡货，转手挣点快钱。

我仍然浑浑噩噩，时常喝醉，时常失忆，开着车想不起自己要去哪里，到了地方才想起把约定的时间记错了……

我和严丽莎就是这样认识的。

* * * *

又是春天。

不过对于我这个不需要知道季节的人，春天已无所谓。天空褐红，鼻腔里是沙尘暴的腥味，才想起春天又来了。

我站在国贸停车场，大骂狗子没把约定的时间说清楚，奇怪为什么总打不开车门，正怀疑是不是沙子把锁眼封住了，一个银铃般的声音从身后传来："先生，你是不是弄错了。"

我看见一张并不漂亮但很有温度的脸，才意识到自己居然拿着钥匙去开别人的车门，沙尘暴的这一天我根本没有开车。

我愣神，连声说对不起。

“不用说对不起，这事儿我也发生过。”一个善解人意的女孩。她笨手笨脚倒不出车，我帮她把车顺出来。她笑着说：“你去哪儿？顺路的话我送你一程，沙尘暴这么大，你根本打不到车的。”

我看着她，发现她除了稍嫌圆润，其实长得不算难看。

一年来，我短暂接触过三四个女孩，每次完事后都想快速逃掉。我对自己的行为痛恨不已却无法自拔。有次和一个号称“北京二外”的女孩过完夜，我给她扔下一千块钱让她走。她眼神嘲弄地看着我，说：“你这样的状态应该去看心理医生。”

我卑微地看着她，突然大声吼：“滚！”

直到碰到严丽莎。

我很难说出对她是什么感觉，但她能让我稳定，用世俗而温暖的表情查着账单、兑着奖券、熬着皮蛋瘦肉粥。我则陪她去东四“漂亮宝贝”做头发、去“中友”抢购打折衣服、在她家打着哈欠看肥皂剧……无趣，但很安全。

苏阳和浅浅都见过她，说“这丫头不错，挺适合你的”，严丽莎也常常说“我也觉得我们俩挺合适的”。

浅浅过生日那天，我在一大堆女孩中间穿梭自如，不时地放肆大笑，浅浅盯着我看了很久，突然对我说：“杨一，你忘掉吧！放过，才是最大的勇气。”我迷惑不解地看着她，不明白她说什么。

她眼神闪烁：“你越放肆笑，越没能忘记她。”

我哈哈大笑，说：“你多心了，我最大的特点就是容易失忆……”

这时，严丽莎拎着礼物走进来，我搂过她使劲亲了一下，她甜蜜地笑了。我突然觉得其实她长得挺好看的。

生活，真的可以变得很简单，只要你不妄图去深深地爱。

严丽莎是这样一个对生活充满赤诚且精于算计的女孩。她总会在吃饭后要来账单仔细查看条目，发现多算了一碟小菜就会勒令伙计退赔并赠送一盘水果；她会在我俩已走到地下停车场时突然想起“累积金额奖券”还没有兑现，“噔噔”跑到楼上商场领取一个小水杯；她还会在我喝醉的时候守在床前给我端茶送水，神速地熬出一锅口感地道的皮蛋瘦肉粥；另外，她从不查看我的手机，也不追问我晚上去哪里了，她对我所有的哥们儿都显示出亲和与细致。她有很多优点，除了在我和哥们儿说话时，有时喜欢插嘴。她甚至帮我打理那不算多的工资卡，定期向我汇报收支情况。她说并不是希望我能存多少钱，而是养成我存钱的习惯。

这一切，我都接受。只是她曾经企图以“我们家杨一”这样的开头来叙述某件生活小事，被我无情打断，我郑重告诉她“我不是你们家的”。

另外，我从不允许她在我回龙观小区那间小屋过夜，我甚至拒绝她提出去那片白杨林散步的要求。我们约会要么在酒店，要么去她家。

* * * *

那间小屋只有我出没。我本想将过去那些摆设通通扔掉，想想还是用一个纸箱子打包，放在角落。

我不去碰角落纸箱里她的任何东西，陶制的烟缸、青瓷小猪、挖耳勺……我更不去按那支录音笔。

手指稍一触碰就会出现静电般的“噼噼啪啪”，她的声音犹如破空而来：“杨一，你是长在我肉中的一根刺，而且已化成肉。我无法拔出，但我确知它随时都在那里，隐隐作痛。”

但我请来工人把墙壁全部刷过一遍，不想让这间屋子残存任何过去的细节。

只是，当阳光偶尔从窗帘缝中挤进，溅起飘浮的灰尘，我会固执地觉得旁边还躺着她懒懒的身体，她的耳后散发出熟悉的奶茶香味。

* * * *

这一年发生了很多事情，“中国兵团”在雅典奥运勇夺32金，印尼发生重大海啸，湖南海选“超女”，苏阳代表背后的老板唐显荣获海淀区“优秀房地产开发商”，在京城风生水起……这一年和我无关，这一年像台历直接从封面撕到封底，很快过去。

严丽莎帮我四处看房。她说租房等于帮房东打工，在北京混要不拥有一套自己的房，一辈子被本地人看不起。

我说：“我为什么要被本地人看得起？”

她惊奇的样子：“来北京混，不就是要成为本地人吗？”

我吐着烟圈告诉她：“真正的北京人在周口店。”

* * * *

送一支登山队去云南哈巴雪山。上山不久，就有人滑坠，顺着雪坡下滚撞在大石头上，脸摔得看不见了。我和狗子负责把尸体运往德钦，一路疲惫。狗子因疲劳驾驶一下子撞到我的车尾上，我没系安全带，鼻子撞到方向盘上，鲜血没有流出来，但感到嘴里温暖而苦咸，疼到脑仁里。知道鼻梁断了。

菩空树给我发来短信，说他发明了一种新的烘焙蒙山茶的方法，又说不知为什么门前那棵柚树开了花却从不结果，最后他说帮赵烈做了一个超度符，让我有时间去拿了在坟头上火化掉，才想起……

一年，闪身而过，并无新意。

* * * *

我终于坐上开往南方的车，窗外的景物反向急驰，如世间的事抽身而去。阳光泼辣地打在脸上，脑中空无一物。不知何时，感觉车速渐渐慢下来，终于在一个破旧的小站停下，要与对面那趟列车错车。

我昏昏欲睡靠在车窗，小贩奔跑着兜售零食，情侣在风中依依话别……所有车站的旧画面。一个人坐在对面火车的车窗前，看着我。我突然瞳孔紧缩。

我甚至以为已把她忘记的时候，她却悄然无息地掩杀上来。她就在我呼吸可及的地方，眉发清晰如旧。

再次见到卓敏，已是分手一年之后干燥得让人脱水的春天。这样一个破旧的山间小站，我们再次相见。她更加瘦了，直视着我，空洞中有一种凛然。我俩就这样对峙着，不出一言。

一个小贩纠缠着向她兜售蜜橘，她猛烈地摆着手，别过头去，拉下车窗，腕上那串水晶仍然闪烁着惊人的光芒。她再也没有回过头来，像一尊隐藏在大风后面的雕像。我正想大喊她的名字，一声汽笛划破我俩的对峙，火车渐行渐远……我使劲扭过头去，疼得脖子快要扭断，已看不见那张苍白的脸，忽然明白，我和她在两列分道扬镳的火车上，她根本没有看见我，也许不屑看到我。

一粒沙砾掉进眼底，我惘然刺痛，却无迹可寻。

火车飞快地向前驶去，使劲地闭上眼睛想摆脱回忆，忽明忽暗却有一个心碎的女巫在阳光下跳舞……感觉还未痊愈的鼻梁隐隐作痛，我甚至觉得我泪流满面，猛地拉上车窗，戴上黑色的塑钢面罩。这时一直在身旁昏昏睡去的严丽莎醒来，惊诧地问："杨一，你怎么哭了，是不是风吹的？"

我转过头去面无表情地看着她，她向窗外看了看，拉上了窗帘。

* * * *

我没有让严丽莎陪我上山，把她独自留在山脚看嘉陵江的江景。她有点不高兴，但还是拿出早就准备好的一瓶酒让我带去坟前。

一年一年的春天改变了很多，并不能改变漫卷山野的油菜花。

按赵烈生前的喜好，新坟仍在一片开满油菜花的山坡上。

我也喜欢油菜花，喜欢油菜花破空而来的灿烂明黄，世界在颜色单一时才展示出真相。

赵烈的新坟长得不错，按菩空树的说法，新坟有长，也有缩，如果一个死人的坟正在长大，证明死人的灵魂已经进入天堂，反之就是下了地狱。

赵烈的坟前早已摆放着一瓶酒，还有一盒他最爱抽的烟……只有了解赵烈的人才会这样做。

她仍然没有忘掉赵烈，刚才她与我擦身而过，一定是来为赵烈上坟。

我奠上一杯酒，点了一支烟，对赵烈的照片说："睡吧，每天都有自然醒，这是你的福气。"

我陪着赵烈说了一会儿话。可是太累了，不知不觉我睡着了。我梦到赵烈笑着向我走来，忽然就不见了，我又梦到自己被一个巨大的白色水母拖向海底深处，我拼命挣扎，水母吐出很多黏液在我身上，我的肌肤骨头纷纷裂开、散落，往下坠落……

我大叫着醒来，阳光刺眼。燃尽的纸符带着最后一丝温度四处飞散，像刚刚掠过的飞鸟。

很久不做这个梦了。它又回来了。

我有些恍惚不安。

人在恍惚中会忘掉一些记住的事情……我叫杨一，我仍住在那老旧的房间里，每天坐着"吱吱"作响的电梯进进出出，经过那两排白杨林，吃着泡面，喝着可乐，冬天的风硬生生从窗缝中挤进，夏天的雨妖冶地击打着玻璃窗……我无人喝彩，麻木不仁，世界与我无关。

风骤然而起，我慢慢下山，努力做出狞笑的样子，感到自己冷酷而悲壮。

* * * *

我早让严丽莎回京。那天她见我上坟回来神情不对，语重心长对我说："你一定要远离过去。"

我认为她说得很对。我告诉她，让我再回趟成都，我就彻底告别过去。

我在成都待了一段时间，每天跟武青、小四喝酒。

武青现在在一家安保公司当小头目，小四仍在机场工作，虽只是一个塔楼小调度，但各地经停的航班都要讨好他。这天他带了一帮空姐，个个疯狂，全然看不出穿制服在机舱时的温柔和顺。我搂着其中一名空姐，问她懂不懂成语"一日千里"是什么意思。她不假思索："哥，你不就是想在飞机上日我嘛！"

我对她深表佩服，仰头干了一大杯。

武青脸色不对，给我指着角落。

我看见卓敏的时候，她好像在角落里很久了。她一身黑裙，旁边有一堆空酒瓶，以及觍着脸上来敬酒的一些男人。有个老男人扭着老胯在一旁跳舞大献殷勤。她喝了一杯，冲上台子跳起钢管舞来。她的肢体柔软，妖冶细腻，像正在钢管上漂亮生长的一根青藤，一个动作轻易就在空气中划出一道惊呼的声浪。台上原来那两个钢管舞娘相形见绌，成为她的看客。而男人们疯狂叫着，有人还扔了钞票上去。

我呆看着她的身体，从未发现她能这么疯狂。

武青、小四也惊诧地看着她，我们这桌的空姐们带有酸意地议论着："真他妈骚……"

一曲舞毕，她突然跳下台来，大步流星冲到我们的桌前，抄起一个啤酒杯把酒泼在我和我正搂着的那个空姐头上。我猝不及防，像被灯光刺中的青蛙呆在那里。

武青和小四面面相觑，那些空姐纷纷嚷起来，也要抄杯子，我大吼一声："都他妈给我坐下！"

她一愣，猛地抽了我一耳光，旋即迅速消失在酒吧出口，像个一击即中飘然而去的杀手。

* * * *

严丽莎进门时一边清理着头发中的沙子，一边抱怨北京该死的沙尘暴，然后表情甜蜜地把一大堆楼书摆在我的办公桌前。

这几天她几乎把整个北京城的新楼盘全部跑遍了，圆润的脸窄了一圈。以她对生活孜孜以求的态度和工于心计的盘算，我坚信她已找到了生活中最大的"性价比"。

"东北边的'望京'，东边的'阳光'，东南的'亦庄'，是经过我现场考察最后圈定的三家楼盘，离你上班近，平时也不耽搁和那些狐朋狗友厮混。我已经和售楼小姐约好时间了，明天你就把预订合同签了。”

“我可不那么急着当房奴，又不是没有地方睡觉。”

“你那地儿破得都快成猪圈了，这几天北京的房价一天涨五百元，就你那点儿银子再过几天还不够首付的。”

“你这是助纣为虐，房价就是被你这种人哄抬上去的。”

“无奸不商，无商不奸，唐显投资的那楼盘，就算打六折你也买不起。人在屋檐下不得不低头，与其每月给两千元租子还不如按揭，好歹还留一不动产。明儿就是优惠期最后一天，打九点八折还可免一年物业费。”

“严丽莎，你当会计真是投对了胎。”

“我帮老板做假账时才没那么费心呢，你才是我人生中最重要的一本账。”

她圆润的脸凑过来显出无限深情，我别过头去，假装打了一个巨大的喷嚏。

“望京”和“阳光”的面谈不欢而散，不仅房价偏高，而且售楼小姐盛气凌人的架势，让人觉得好像我不是买房而是去抢房似的。我负气离开，严丽莎跟在后面一路说：“‘亦庄’那楼盘你一定要下定决心了，你要当个本地人首先得有房……”我看着她，冷冷地说：“真正的本地人，住在中南海。”

“亦庄”那处楼盘还没有令人感到恶意，在售楼处我竟闻到了城里已绝迹的青草味。对于我这样年收入七八万开着辆破车的人，至少它可以让我远离北京令人窒息的压力，假装成了小资。

我惊讶于严丽莎与人熟稔的天赋，她一边和售楼小姐们打着招呼一边把我拉向预约好了的座位。我懒散地走着，感到一种凛然——抬头，卓敏。

午后的逆光给她裹上了一层薄雾般的轮廓，我一时看不清她的脸庞，但我确知这一定是她！一身职业套装的她站在落地玻璃窗前一动不动看着我，像个漂亮的广告牌。

然后她转头问严丽莎："严小姐想好了吗？今天是优惠期的最后一天了。"

严丽莎拉着她的手，亲热得让人觉得快中暑："想好啦，但昨天我忘问停车位是年租还是月租了。年租打多少折？送厨具和家用电器吗？"

我愣在原地，怀疑眼前是否是一种幻象。严丽莎抱着一大堆楼书递过来让我看，我心绪不宁地翻着，心不在焉挑着种种毛病，而严丽莎则以最大的热诚为我解释。

我看着她，冷冷地说："你好像是这楼盘的托儿。"

她委屈得眼都出水了："这也是为了你好啊，我自己买房都没这么上心。"

卓敏沉默了一会儿，很职业地说："作为这家楼盘的售房代表，我必须向你们说明它良好的性价比。南北通透，采光充足，风水也是专门从香港请来的高人看定的……这位先生，你女朋友多爱你啊，而且，这房子的两间卧室都朝东，你不是最喜欢早上起来就能看到阳光从窗帘缝里洒进来吗？"

严丽莎疑惑地看着她，问："你怎么知道他喜欢卧室朝东？"

卓敏镇定地说："我看过严小姐填写的登记表，这位先生是摄影师，又喜欢户外运动，早上起床看到阳光符合他的职业和爱好。其实居住的本质并不是买一堆砖头和钢筋，而是买一种生活态度，甚至就是买一份阳光。"

严丽莎高兴地点点头。

卓敏带我和严丽莎去看了样板间，帮我设计好了我的按揭模式……她一直职业地笑着，有一刻我甚至怀疑眼前的她是不是真实的卓敏。直到严丽莎坚持让我当场交付两万元预付金并签合同，我才确认，合同书售楼代表一栏下签着"卓敏"，下面附着一个新的手机号码。

她一直把我们送到停车场，帮严丽莎拉开那道她曾经很熟悉的车门，还说这是公司要求，让每一个业主有回家的感觉。

最后，她微笑着向我们挥手告别。

严丽莎在旁边颇有成就感："这房子肯定增值。"她突然有所警觉，"你今天怎么了，是不是看人家售楼小姐长得漂亮就想入非非？"

"怎么会！"我赶紧否认，眼睛却还是不自主地看向卓敏。

逆光中她的身体化成了一个朦胧的轮廓，恍惚中不知是幻是真。

* * * *

日子一天挨着一天，像城墙的砖。

她与我同处一城，鸡犬之声相闻，老死不相往来。

我对苏阳说：“我看见过卓敏。”

苏阳的目光不着边际：“你是不是产生幻觉了？”

我也偶尔怀疑那是幻觉。这座巨大的城市里，她像一枚时隐时现在湖面的浮标，我伸手去抓，她就神秘消失在水纹里，我正要转身离去，她却再次漂浮出来；或者，她像一只判断不出高度的风筝，我手里有一根线，无从发力，几次感觉掌心微颤，但快速收线后却发现那头空空如也，只剩下云层深处未知的信息……

* * * *

这段时间，苏阳变得越来越焦躁，通宵赌球让他的眼睛布满血丝，他总说：“今天晚上这三场一定看得准了，绝对不会走眼。”

可是这晚他又输了，欧冠联赛开战以来他已输了三百多万。他无心唱歌，一边盯着电脑，一边一个劲儿跟我叫嚷：“卡洛斯怎么可能漏人呢？三个人都冒顶了，还他妈‘银河舰队’呢！”

我说别跟不懂球的我聊这个，最好别赌了。

浅浅一边点着歌一边对严丽莎抱怨：“买钻石项链的话都可以买三十条了！一天到晚就是什么上盘下盘，水高水低，半球一球，钱扔水里连响儿都没听到。”

苏阳大吼：“钻石！没钻石你他妈会死吗？”

浅浅噙着泪花砰的一声把话筒扔在沙发上。

唐显和我赶紧把快打起来的他俩分开。唐显拍着苏阳的肩膀说："小赌怡情，大赌伤身，要是都让你们赚了，庄家不关门了吗？那天我给你的五十万够不够？不够跟我再言语一声。"

我说："唐哥是拉他上岸还是推他下水？再下去他那辆X5也快进典当行了。"

唐显仔细地拭着他的阿玛尼眼镜："下不为例，谁让我是他哥呢！"转头问苏阳，"那边风声紧吗？"

苏阳叹气："这次风声太紧，海淀查出好几家违规用地了。虽然那些国土部门的人是我妈老下属，但现在打点关系很难靠人情了，还得需要钱。"

唐显盯着苏阳很久，掏出支票簿"唰唰"又签了一张，一字一句地说："好钢用在刀刃儿上，苏阳，这次你可不能再玩笑了。"

苏阳有些不满："那块地你赚那么多，出这点儿血算是买保险吧！"

唐显风度翩翩，拍了拍苏阳的肩膀："我只是不想出大事。杨一，明天有个金融论坛，你去一下。你也得尽快熟悉公司业务，以后免不了要让你挑担子。"

我说还是苏阳去，我最烦打领带开会了。可苏阳不耐烦地挥挥手，说第二天他肯定睡到下午才起床。

我顶替苏阳去昆仑饭店开会，出来后在府右大街。

我刚把车窗全部打开，就看见她在辅路上披头散发地和一个男人抓扯。

在天气闷热、树叶发亮的晚上，我又看见了卓敏。

她明显喝醉了，出招凌乱，步伐飘浮，头发像刚被暴雨打过般一缕缕贴在脸颊上，嘴里还骂着脏话……

那个西装革履的男人脸色阴沉，一边推开她一边压低喉咙："收声！你疯了，不要脸到了不可理喻！"

她歇斯底里扑向那个男人："你他妈才不要脸！"

那男人手一推，她受不住跌落在地。

我暴怒地冲过去，一拳砸在那个男人的颧骨上，趁他痛苦地捂住脸，再抬起膝盖狠狠顶在他的腹部。

我过去把她扶起来，但她根本认不出我来，发疯似的打我骂我甚至咬我，我的脸上被抓出几条火辣辣的伤痕。我抱住她不放手，她挣扎了一会儿，吐了我一身，然后瘫睡在我的怀里。

我缓缓地把她移到车上，拍着她的脸想让她清醒，大声问她到底住在哪里，她睁开眼睛，目光迷蒙，指着路边的树丛含糊不清地说"到家了"，然后沉沉睡去……

我是从她包里那张门卡猜出她住在哪个小区的。但卡上有楼号和单元号，没有写房号。

我背着她在单元楼道里飘来晃去，犹豫不决到底该进哪一扇门，突然听见某一扇门里有爪子正急促地挠着，鼻腔里发出"吱吱"的声音，我赶紧用门卡一试……一开门，一头温暖的动物扑上来使劲舔着我，我受不了那股大力，瘫坐在地上。

恍然回到过去。

是卓敏的家，黑暗中那股幽香让我确定这是她的家。打开房间里的灯，宝宝蹲在地板上歪着脑袋憨憨地看着我，不时舔着她脸上残留的泪水。它的个头儿长大了很多，毛发也散发出一种金黄。我熟悉这个家伙的气味和眼神，它也记得我，没完没了地纠缠着我，用牙轻叼我的手，用舌头湿湿地舔我的鼻子。

* * * *

那天晚上我没有走。我帮她换下衣服，擦净身体，又把沉睡的她抱到床上。

我没有任何猥亵的念头，只是和过去某天晚上一样，从岸边捡到一个从上游漂流而下的熟睡的婴儿。

我赫然发现，她的胸前有一颗过去没有的红痣，像是从心房里渗出并凝结了的一滴血，经久不散……

菩空树那天在鲜花寺说过："如果一个人常常哭，就会在左心口长出一颗痣。"

我坐在她的床前冷清地抽着烟，宝宝懒懒地趴在旁边玩它的网球。床头是那个我以为丢失了的浣熊闹钟，墙上是那张"非典"时我和她隔着玻璃窗写着民谣的题板——

在那东方的山顶
升起皎白的月亮
未嫁少女的脸庞
浮现在我寂寞的心房

桌上的台灯下显眼地闪亮着那串水晶。

天蒙蒙亮，我悄悄开门，亲了亲颠儿颠儿跑来和我纠缠的宝宝，然后离开。

* * * *

空旷的练功房只有我和浅浅，正在练功杠上压腿的浅浅愣在那里，猝不及防地看着杀气腾腾的我。

我终于来找她，我想她一定知道些什么。她没有表现出我想象中的心虚和惊慌，而是冷静地看着我。

她说："你真的想知道那么多？"

"我只想知道我应该知道的。"

"杨一，你不应该再闯入她的生活了，这样对她不公平。"

"不是我闯进她的生活，而是她率先闯进我的生活，她就在对面的火车上，她就在我对面的桌边，她冲上来泼我酒，抽我的耳光，甚至还安排好了我未来的住处……告诉你，昨天晚上我在路上捡到了一个喝到不省人事的女孩儿，她骂着最脏的脏话，烂醉到不知道怎么回家，她完全不是过去我知道的卓敏了！她像变了一个人……"

我们冷酷地对峙着，高高的穹顶把我俩的声音吸上去又砸下来，像世界尽头的回音。

浅浅对视不过我凶悍的目光，幽幽地说——

这么大的世界你俩居然又碰上了，不知道这是你俩的善缘，还是孽债。知道得太多，对你对她，都没有好处。

也就是去年这个时候吧，那天夜里，卓敏回来了，回来时眼睛直直的像一个死人……她躺在床上两天两夜，面无血色，不吃不喝，我们问她任何问题她都不说话，后来她拼命哭。

我以为你俩又掐架了，劝了劝也并不在意。等到第三天早上，她终于起床，自己跑去食堂买了一瓶二锅头，站在楼下喝到一半就晕了过去……我们把她拖到医务室输液，醒了后她号啕大哭。从她断断续续的疯话中我们才知道事情的大概，虽然我知道她以前有个男朋友，也知道那串水晶的大致来历，但我们没有想到这里面那么邪性……

等你回来时，我和苏阳什么都没有问你，因为那时我们已经知道真相，不想刺激你。

卓敏让我们发誓什么都别告诉你，其实在回来之后不到三个月，她就出事了。她天天喝酒，最烈的二锅头。那时学校正在排练毕业汇报的大型歌舞剧，她是A角，却常喝得酩酊大醉，没有任何人能劝住她，她像变了一个人似的拒绝和人说话，只是看着水晶珠子发呆，举着酒瓶子狂喝，喝完就默默地哭。那天，做一个最简单的“前桥”时，她重重地摔在舞台上，跟腱当即完全断裂……医生说治好了不会影响正常生活，但她永远不可能作为一个专业舞蹈演员活跃在舞台上了。

我还记得，那天她在病床上听见这个消息后就一直在笑，笑得我心里一阵阵紧缩。她笑着说她没事儿，还亮出她的掌纹给我们看，说“非典”过后有一次你带她去算命，算命的说那条掌纹像被风吹散了的，意味着要天折……

她是在一个早上带着行李悄悄离开学校的，当时我们还在睡觉，她没有对任何人说任何话就悄悄离开，甚至没有留下一张字条。她只差一个月就该拿到毕业证了，气得我们舞蹈老师差点儿把地板跺穿，说“中国民族舞从此少了一个天才”。

她一直杳无音信。

直到去年我们毕业典礼那天晚上，她突然用公用电话打给我，她说她终于想清楚了人生的意义。她让我们大家不要为她担心，她现在一切都好，正准备去一家公司当售楼小姐，她要开始新的生活，然后就把电话挂了。

去年平安夜，她突然又给我打来一个电话，这次是用手机。她的声音很虚弱，她在医院。你知道她一直贫血，为了养活自己也为了尽快在公司里博得信任，她一直玩命工作，终于撑不住了。

那天晚上是你的生日PARTY，你还怪我和苏阳过了十二点才赶来。其实那天并不是我和苏阳吵架，我们在医院一直照顾着她。她睡着的时候好像一个孤儿。她瘦了很多，躺在床上就像床单只是凸起了一些微微的褶皱，她脸色苍白得像一张纸，我分明能看得清她脖子上每一根青青的血管。我敢发誓，她在梦中好几次叫了你的名字，等她醒了后我问她，她却拼命否认。

那天晚上我哭了，她也哭了，她哭着让我发誓不告诉你她所有的事。

有一件事我不知该不该告诉你……

我曾劝她尽快离开北京，去另外的地方甚至回到家乡，或许能和老阿妈过上平静的生活。但她说她不想离开北京，因为她知道你还在这个城市里，她说虽然这辈子不想也不敢再见到你了，但她觉得如果和你同处一个城市，就还有最后一根细线隐隐连着她和你，皮和肉之间还有一丝粘连，虽然痛，但心里时时会感到某种寄托和温暖……有几次，她还偷偷跑到你楼下那片白杨林去看你的灯是不是亮着，她就这样远远地守着你，就像守着一根肯定要熄灭的火柴。

她恨你，也爱你。她就这么傻傻地守在城南的一间小屋子里。

“最后一件事……”浅浅看着我，迟疑了一下，咬着嘴唇慢慢说出来，“唐显知道了她的处境曾经提出想帮助她，但她拒绝了。她不想接受任何人的帮助，也不想再以任何一种方式踏进和你有关的朋友圈子。”

浅浅说完的时候，天色渐暗，她的眼睛亮亮的，有种居高临下的悲悯，而我浑身发软，哆嗦着扶紧了旁边的栏杆。

有块坚硬的东西正被风化，我感到自己的可耻，我只想投降。

第七章

我在那堆购房合同中找到了卓敏的新号码，拨过去，无人接听，再拨，被掐掉……

严丽莎惊愕地看着我，关切地问我干什么，我变态地对她大吼："你少管我的事！"

我开着车，像一发经枪榴线加速出膛的子弹冲向她家，我在她家楼下疯狂拨打着她的手机，不断被挂断。

我发去短信"求你，探出头来"，也没有回音……

我开始拼命按喇叭，弄得四邻不安，有人开始在楼上咒骂，我把头伸出车窗外对骂。对方扔下一个瓶子，我手拎扳手扬言要杀上去。宝宝也在楼上暴怒地"汪汪"直叫……

终于，电话"咔嗒"一声被接驳，我像是闯进了一扇拼死防守的密码门，但门那头静悄悄的毫无人迹。

我不停述说，但她一直不说话。

最后，我叹了口气："如果你真的认为这是最好的结局，那我走了。”

她突然哇的一声大哭起来……

她一身白衫出现在楼道口，月光打在身上像给她镀了一层闪亮的铬，显得她神圣不可侵犯。她不说话，伸手拉开我的车门就上了车。

“开车。”

然后便是沉默不语。

那一刻，我觉得我俩是一对已有千年未见面的连根大树。连得很疼，遥遥无期。

黑夜里，对面过来的车灯打进车厢，我看着她，她骄傲的脖子如白玉般洁净，她仍然那么漂亮，只不过眼底已被往事抹上重重的阴影……

我拉着她满北京逛荡，我俩没有目的地，也无所谓时间，像乘坐一根树枝般不知不觉漂流到一道铁栅栏外。

白颐路，解放军艺术学院。那些树和枝叶仍然清清亮亮，那道铁栅栏在夜色中仍然那么摇曳生动，和过去完全一样。

她呆若木鸡地看着，突然哇的一声又哭起来，拼命地打我。很疼。

“凭什么又来找我？”

“因为我不想再对自己撒谎。”

“但我们从一开始就是个谎言。”

“不是谎言，只是预言。”

“你不该来找我，我是一个不祥的女孩，菩空树说过，相见不如怀念，再见就是灾难。”

“去他妈的灾难，现在我们这样子已经是灾难了！我们就要在一起，忘掉赵烈，忘掉跳伞，忘掉那个梦。人为自己活着，不是为死人活着。”

“你能预言结局吗？如果这次再赌输了，我们就输不起了。”

“我是我自己最狠的预言，我就把这一辈子全部押上去了，我宁肯什么都没有了，也要和你在一起。”

“你真的为了我，什么也可以不要吗？”

“有了你就有了全部，其他的什么都不要了，哪怕去死。”

她眼神破碎地看着我，愣了很久，忽然紧紧抱着我。我感到脖颈上有点凉，知道她哭了，无声无息。但她眼泪流下来的时候，我听见全世界的玻璃窗都碎了。

她说：“杨一，我想你。”

＊　＊　＊　＊

我和她重建了山间栈道般的联系，但这条小路在一场暴雨后只是若隐若现。她因记忆的青苔视过往为畏途，生怕行程过快失足深渊。之后我打过几次电话，她只是偶尔接听，语气开始有了某种温度，像昨日炉膛的火烬。

直到那个晚上，她惊惶地给我打来电话：“快，快救救宝宝。”

拉了三天三夜的宝宝趴在地板上已然脱水，它得了急性肠炎，又吐又拉似乎还便血。但她根本抱不动这个体重已达三十多公斤的家伙，而且它不让任何陌生人尤其是男人靠近，她找来的邻居、同事均被它龇牙咧嘴吓得抱头鼠窜……眼看它正耗尽最后一丝能量，她终于给我打来电话："它，只接受你。"

它的四肢被绑在宠物医院的长条床上，输液，但它的眼睛很有温度地看着我。我抚摸它的额头，试它的鼻尖，它并不设防，甚至还勉力摇着尾巴回应着我。

连续三天，我准时开车去把它抱上抱下，输完液再回家跟它讲故事，逗它玩……它的鼻尖出现了凉湿的感觉。

我激动地给她打去电话："它开始要吃大白兔奶糖了。"

她"哇唔"一声，要哭。

宝宝开始恢复体力，绕着我跑来跑去，伸出舌头贱贱地舔我。我给它唱那首《木鱼石的传说》，它仍会仰起脖子，鼻腔里兴奋地发出"吱吱"的声音，仿佛也在唱。那天我在家里给它拍了很多照片，生动有力，毛发凛然，然后跑到楼下去冲洗了一组，醒目地贴在墙上。傍晚，她回家推门即见，半天不挪动脚步，眼圈红红的，不断地对我说"谢谢"……

宝宝跑到我和她中间，"汪"地吠一声，很有温度。

* * * *

它是一条好狗。这一年，它和她相依为命。

离开学校之后，她就去了乡下把它接回来。它一见着卓敏，兴奋得把脖子上的铁链都挣脱了，扑上来又亲又舔。等带回家，卓敏抱着它哭，它就敏感地觉察到她不开心，小心翼翼观察她的神情，轻轻舔她脸上咸咸的泪水，还做出各种憨傻的动作逗她开心。有时候，它也会情绪低沉地趴在地板上，把下巴垫在她脚背上陪着她一起叹气。它是家里的一个男人，每晚睡觉前要在屋子里转悠几圈确保安全，警醒地注视着她的一举一动。

那天晚上她躺在床上，手里攥了一大把安眠药。它“嗒嗒”地从外屋跑进来，爪子搭在床沿上，眼神凄凉地看着她，鼻腔里发出“呜呜”的哀叫。她已决绝，摸着它的头说：“宝宝，妈妈走了……”

但她发现它竟然淌出了眼泪，并使劲用鼻尖碰她。

那一刻，她的心脏犹遭大锤重击。她看着它无辜的眼睛，心想：如果她死了，它就是孤儿了。它那么幼小，也许并不会明白她已死去，它会以为她是睡过了头，就一直趴在床前等着她，不吃不喝。要是她被一些穿着白大褂的人抬出家门，它也会认为这只不过是在玩耍，甚至会以为这是因为它太调皮，所以她生气地扔下它不管了。兴许它就四处仓皇地寻找，流落街头……那些放学的小孩会扔石头欺负它，没有主人的它只有闭着眼睛默默忍受；也许哪一天打狗队卷土重来，见它蹲在路边，就举着棍子冲上来疯狂追杀它；也许，有天，它正在路边失魂落魄地走着，在垃圾桶里翻找食物，突然看见对面街口一个长得很像她的女孩，它会猛地放下嘴里的食物，开心地大叫，玩命地冲过去，而这时一辆卡车呼啸而来……

所以她没有去死，那天晚上她扔掉药片紧紧搂着它的头说：“宝宝，妈妈答应你一定要好好活下去，就是为了你，我们这辈子不分开。”

* * * *

苏阳对我和她重归于好毫不惊讶。他说如果有缘分，就算把两个人分别扔到南极北极，变成冰山，迟早有一天也会漂移到赤道融化在一起，比如卓敏和我；如果没缘分，就算天天腻成连体儿，总有一天也会掐得分道扬镳，比如他和浅浅。

我很吃惊，他挥手阻止我再问下去。他只说其实他从来都没有爱过浅浅这样的女子："太假，像一张漂亮的纸，不像卓敏，骨子里有种让人怜爱的东西。"

不过这并不影响我们四个人一起去玩儿，像过去一样默契。

我们一起去打桌球，一起去康西草原骑马，在草原上开车追逐，用对讲机开着各种荤玩笑。我和苏阳总有打不完的赌，浅浅和卓敏总有说不完的话，只不过大家都竭力不碰某段往事，我们知道，那根引环一拉，所有在场者都将血肉横飞。

那天"六一"儿童节，我们一起去十三陵水库游泳、烧烤、放风筝。这是我和苏阳早在"非典"时就给她俩许下的愿——带她俩出去过一次儿童节。那时虽然常翻墙出来，她们却并不敢在外过夜。"非典"一结束她就去了南方，后来又赶着排练新剧，等冬天来临她阿妈又病了，再后来……她有个心愿：要过人生最后一次儿童节，过完节之后才算成年人，在这之前我必须让着她，像对小孩一样哄她。我对她的观点表示不解，但还是乐意让她开心。

我们还带上了宝宝，“也只有宝宝是有资格过这个节日的”，卓敏断言宝宝正是“六一”节出生的，虽然没有任何根据。

她舐犊情深地对我说：“这是一条好狗，我的好儿子，它比你更爱我。”这时宝宝正在水边叼着线，好像听懂了似的嘴里“汪”地吠一声，然后风筝飘了出去，它惊惶失措地箭一般蹿出试图重新叼住，弄得水花四溅，狼狈不堪。

她哈哈大笑着和宝宝一起追赶越飘越高的风筝线，终于和它一起跌倒在水中，“杨一，快来帮帮你儿子！”

苏阳靠着一棵树玩着手里的游戏机，突然对我说：“她看上去若无其事，其实受的是内伤，像被七伤拳打过的一棵树，外表毫发无损，其实奇经八脉尽断。”

我面无表情，像个木乃伊。

* * * *

我会慢慢给卓敏养伤的。最好的药是回到生活。

她说不想再卖楼了，那些阔佬来买楼时总说这说那，有个福建佬还说要送她一套房，只需陪他出去旅游一次。她很反感，更反感的是公司要求不能得罪客户，她只得说“谢谢美意了”……出去她就呕了。

她跟我说起这事时又干呕了一下。

我嘉许地看着她，夸她有觉悟。

她就说想办个舞蹈班，虽然受伤后上不了舞台，但带小孩子们还是绰绰有余。她喜欢小孩儿。可算一算，即便在四环外办班，房租、装修、开班费也得二十万。卓敏这一年没攒下什么钱，我的钱被严丽莎分手时全带走了，赔偿“青春损失费”。

我一直就穷，“非典”认识卓敏那会儿杂志社只开工资没有稿费，为制造浪漫想送根施华洛世奇项链，都得等“非典”结束出去干趟私活儿。比起浅浅的蒂凡尼，这差了一个档次，可她却说这款更秀气。卓敏是个懂事的女孩，接送军艺女孩子的大多是豪车，她却说我改装过的破吉普显得帅气，有风沙感。有次房东催房租急了，说一周再不交齐半年的一万二，就把我扫地出门……从不去夜场跳舞的她跑了一周的场子，把七千元交给我。那是她唯一一次跑夜场。她清高地觉得作为专业舞蹈演员，去夜场对不起老师。

我思量很久如何筹这笔钱。

我不能再向苏阳开口，这段时间苏阳天天赌球输得总找唐显借钱，而唐显已经很不高兴了，总催他把那块地的事情办妥。那块地现在查得很紧。有一次，我在隔壁听到他俩连杯子都摔了。

有人找我去趟云南，最近城里一些中产流行登滇北那些六千米以下的中低海拔雪山。我熟悉地形，开了个好价。卓敏不想让我去。我告诉她：这一趟能赚两万多，如果再带点虫草出来，弄好了一次就挣个五万，有了多余的钱，我还可以带你出去看风景。

她歪着头看腕上的水晶，似乎想起什么。

＊　＊　＊　＊

傍晚的夕阳打在卓敏脸庞上，给她抹上莲花般的红晕。她曾经说过，藏族姑娘只有在雪山脚下才能找到自己的魂儿。

这趟我带着卓敏一起去。登山队的活儿很顺利，完事儿后我就带着她去文笔山。她一直念念不忘，要去山顶那座藏传佛教“文峰寺”，说要为水晶重新开光。也许只有那里的龙巴嘉措大师能解开她的一个先祖对这串水晶许下的心愿。

我问她什么心愿，她也一脸茫然。她说，只知道那是三百年前家族一个女先祖在一场大火般的爱情后，手捧水晶许下了一个心愿。女先祖冰雪聪明，却一直勘不破情爱关。有次她就对着这串水晶发出一个很强的心愿……后来，这串水晶就给传人带来幸福，也带来忧伤。“那只是一个传说，老阿妈一直把它藏在佛龛下。她从不准我戴，但我太喜欢这串水晶了，悄悄从佛龛下偷来戴上，当时阿妈脸色都变了，但她不爱说话，看着我把珠子戴上，只说这就是缘。”

在藏匙石，她手指灵活地转动着腕上的碧玺，让阳光迎面打在上面幻化出一缕缕光芒。传说里黑色的藏匙石有通往另一个时空的能量。我知道她的心思。重新在一起后，她决然地又把它戴在我腕上，那串水晶依然冰冷刺骨，但这是我们必须渡过的一关，与其逃避，不如面对。

离开北京前，我俩曾去八达岭长城下玩蹦极。那天风很大，她站在桥墩上紧闭双眼不敢跳，我猛地把她推了下去，听到她长长的“啊……”地坠向山涧，然后弹起，坠下，又弹起……我也奋勇跳出，被一股大力拖着向未知的海底世界坠落，觉得浑身的骨头散落，我要死了，我已经死了，我像回到过去常常纠缠的那个噩梦……阳光刺眼，坠落，一片黑暗，又弹回……我终于回到人间。

只有绝望，才有希望，我俩终于体验过死亡的感觉，觉得生命如此美好。我们站在高高的山梁上，相对而视，互相知道对方心底最深处的东西。

我和卓敏来到文笔山时，傍晚的阳光把山峰打出一片浓郁的金色，如一尊宝相庄严的佛。虽然打着小黄旗的游客已把丽江弄得人满为患，但用无数白石头修建而成的文峰寺仍是一座寂寞的寺庙，寂寞得像一朵雪莲。

我们缓缓上去，刚到寺门时，一个两眼澄明的小喇嘛正在门口晒着干雪莲。他说，龙巴嘉措大师昨天走了。我们失望地看着他，问去哪里了。他说，大师回家了，圆寂了。

她吃惊地看着他，小喇嘛笑得很纯净，脸上全无一丝哀绝之情，他说："大师圆寂，就是回家了，回到他本来的家。"

"本来的家？"

"对，每个人都有一个真正的家，尘世只不过是我们路过的风景。"

"路过的风景？"

"大师昨天面带微笑，说，路过也是风景，但死亡是最漂亮的风景。"

突然想起菩空树也经常说他迟早会走，去他本来应该去的地方，“死亡其实是一个最壮丽的景象，我会在等到那棵树和那个人后，微笑着死亡……”我问到底是哪棵树、哪个人，菩空树闭口不谈。

那天晚上，我和她躺在一家有着木格子天窗的客栈里看着天空，银河无声，灿烂地划过天际。她突然说她现在把好多事情都想清楚了，要好好地和我过完这辈子，“要一辈子和你一起，我要给你生好多好多的儿女，等我们老了，儿孙绕膝，吵吵闹闹，那真幸福。”

我说哪儿养得起那么多孩子。她缠着我，说那就只要一个，好不好嘛……

那天晚上，我们认真地爱了一次。她很激动，浑身发烫地问我：“如果怀上，你猜，是男还是女？听老阿妈说这个时候你看天上的星星，最先被你看到的那一颗就会投胎成为你的孩子。”

我抬头望去，满天的清澈寒意，无言倾诉着某个巨大的秘密。

* * * *

我们回到北京那天，就是苏阳和浅浅分手的那天。

我惊愕地问苏阳为什么，他想了想，淡然说：“当两个人连欺骗都进行不下去时，便没有过下去的必要。”据说浅浅头也不回地走了，根本不像平时那样又哭又闹。

我揶揄苏阳心里从来就没有真爱，是不是又找到新欢。苏阳看着我，目光游离。

我庆幸和卓敏最终又走到一起，经历那么多的磨难，已不像过去那样激情澎湃，但生活更踏实。她还念叨孩子的事，我说这年头，钱才是孩子的准生证。

一片叶子把整个秋天染成金黄，满地仓皇的漂亮。突然想起，我和她重逢已经整整半年了。这半年来，发生了三件事情：

一、严丽莎和我分手后，神速地交了一个新男友。当她带着男友站在我面前时，我发现那个男人是车队的小刚。

二、我戒酒了，大大减少了和苏阳他们出去厮混的机会。听说，他开始吸KING，有一天鼻血直流。

三、菩空树说他准备闭关一段时间，但他有一件事情放不下。他说那棵柚树本来开始结了一个果，可还没成熟就掉果了。

这不是一个好预兆。

* * * *

那天卓敏拿着粉红的试纸——两道杠——来给我看时，我莫名其妙地想起了那个预兆。

我没有表现得兴高采烈，而是有些迟疑。卓敏歪着头看我，忽然有些不高兴。她说我并不希望她怀孕，我不是一个爱小孩的人。

我赶紧表明，但凡动物都会爱小孩的，我只是遇到这种情况有些惊讶……不，惊喜。

然后我低头算起办班还差多少钱，云南一趟挣了四万多，加上卓敏的钱一共有十二万多，再跑两趟云南应该可以开班了。

她俯在我耳畔，一字一句说："这跟办不办舞蹈班没关系，我要这个小孩，就要。"笑了笑，转身走了。

我看着她的背影。经历过那么多事情后，她前所未有地想把握住生命中的一些东西。我不反对跟她要一个孩子，可这时候我们并没有足够的条件。九岁那年，父母历经没完没了的吵架离婚后，我就觉得如果不能给孩子一个好的未来，不如不要小孩。我爱卓敏，但这并不意味着我们现在就必须要小孩。

才想起，这段时间她像被下咒一样嗜睡，早上起不来床，车上轻易睡着，就算看电视也会在沙发上昏昏睡去。她自己都惊讶那么多年早睡早起的规律居然被打破，无论在什么时间、地点都轻易睡着，像枕头长在脑袋上。

之后几天，她像一朵绽开的温暖柔软的棉花，对生活显示出极大热爱——母爱。

她的坤包里开始出现育婴杂志，她时时把遥控器停在育儿频道，饶有兴趣地听老阿姨们絮絮叨叨的胎教，逛街时也会跑到"宝婴堂"驻足流连，甚至有一天我回家时惊愕地发现她以无比美好的表情举着一件小衣服……

"你发什么妖精？"

"不是妖精，而是小天使，难道你不觉得这些小宝宝衣服好漂亮吗？"

“可买来谁穿？这是浪费。”

“难道你不觉得这件宝宝衫本身就是一件工艺品吗？哈，小熊熊，钓小鱼，想象宝宝的小身体套在里面，香喷喷……”一副妄想狂的样子。

那天我被迫随她在“宝婴堂”流连忘返，她眼神柔软地看着一个大概三岁的小男孩儿，把挂在胸前的一个HELLO KITTY猫在小男孩眼前晃来晃去，小男孩开心地不断叫着“妈妈要”，然后她就兴奋地要求“再叫一声妈妈，叫了就把这个给你”……一个少妇过来，警惕地拖走小男孩儿。卓敏并不觉得尴尬。

我说她最近有点魔怔，她说根本不是魔怔，而是认识到生活的本质意义。我问她是什么意义，她大声说：“做一个完整的女人。”

我无语，感到有一种东西在她心里蠢蠢欲动。

* * * *

天蓝得让人心头紧缩，空气刺激得肺叶隐隐作痛。我们踩着一地碎叶向医院走去，脚下“哗哗”作响。她说，这是叶子在说它们很疼。

她突然抓住我的手：“我不想打掉孩子。”

我说：“这只不过是去确诊是否怀上了。”

扶着她穿过医院那条悠长阴暗的走廊，消毒水的味道烧灼着鼻黏膜。我觉得两旁长椅上的人们都看着我，眼神异样……我很尴尬，面无表情前行。

齐帅和他的女朋友燕子在走廊尽头等着我们。那些曾隔着栅栏打羽毛球的情侣们，“非典”结束之后便无从得知后事如何，只有齐帅和燕子因为那次卓敏的“疑似”入院而成为了我们的朋友。两人的感情走得平顺，连相貌也变得越来越像。燕子对卓敏很好，但卓敏看她的眼光总有些忧伤。我只能理解是羡慕吧，这样一段波澜不惊的感情，是我们如今渴望却不可得的。

燕子领卓敏去妇科诊室，齐帅和我在外面等。

卓敏转身前突然使劲儿抓住我的手。她的手很冷。

那天晚上，我们去看了《金刚》。黑暗中卓敏的眼睛亮晶晶的，她不断用纸巾擦着眼泪，随着剧情变化使劲儿抓我的手，当浑身弹孔的金刚如一座巨山从帝国大厦楼顶尖上掉下来时，她号啕大哭，指甲快把我的掌心掐破了……

直到回到家里，她仍然处在深深的悲恸中。宝宝看着我俩，鼻腔里发出撒娇的声音。

卓敏跑过去抱着它，说：“妈妈给你添个弟弟。”

我觉得她这种拟人化语气很可笑。她也笑了：“有时候觉得我俩不是一路人，你觉得我俩是真正的相爱吗？”

我坚定地点点头：“当然是。”

她又问：“那浅浅真爱过苏阳吗？其实我倒是觉得苏阳人挺好的。”

我有点儿不耐烦：“我不关心别人的事情。”

她沉默了，埋头吃那杯花生冰沙。

晚上她一直不睡，在外屋窸窸窣窣地翻看着什么。

我走出去，她正歪着头对着顶灯看一张胶片，还喃喃自语。我狐疑，她就笑着招手让我过去，纤纤的手指指着片子，低低温柔地说："医生说已经两个月了。你看这里这个小圆点儿，小豆豆一样，就是婴儿的胎心，再过一个多月他就会动了……这可是你的孩子。"

我心里一阵前所未有的悸动，扭过头去不想看。"你确定，我们能给他一个好的生活？再过两年吧？"我说。

她浑然不觉，还比比画画地指给我看，发出吃吃的笑声。

我有些焦躁："明天我得再去云南，去挣够办舞蹈班的钱，别再说什么'生活的意义''完整的女人'了，也许，我们得打掉这孩子。"

她吃惊地扭头看我，我目光强悍。她突然绽开一丝笑容，默默收起胶片，去卫生间刷牙、梳洗……再也不说话。我心里有些痛，慢慢走过去，她一头长可及腰的黑发瀑布般垂下来，身形比任何时候更纤弱，她的脸庞越发苍白，脖子上的青筋清晰可见。我从后面抱住她，镜子里，她哭了。

我说："对不起，我只是觉得现在还不适合要孩子，连准生证都没有。"

她突然冲出家门。

我追下去，她已消失在夜阑人静中。

* * * *

第二天，出发去云南前我到公司取点东西。远远地，先看到唐显那辆奔驰，然后看见浅浅一个人坐在车里精细地补妆。

她看见我时，脸上抹过一丝尴尬，但并不惊慌。

我说，比我想象的还要快。浅浅就菀尔一笑，说自己也没想到会这样。

我转身走出几步，浅浅突然喊着我的名字从车上跑下来。我很不屑，她盯着我沉默一会儿，若有所思地说："杨一，你一定要对卓敏好一点儿，否则你会后悔的。"

唐显走过来，他面不改色，当着我的面亲了一下浅浅，又邀我去机场路附近打高尔夫。

我冷冷地说："对不起，我恐'高'。"

* * * *

云南之行没上次顺利。天太冷，而且今年的季风来得古怪，雪线之上视线模糊，登山队等了四天才上去。虫草价格也涨得离谱，没什么赚头。回来的路上不断遇到大堵车，直到第五天我才到达河北境内。

忽然很想卓敏，这次她一直不主动跟我通话，我主动拨打她也不接。只是今天早上接到她一条短信：我恨你。

我知道她心中哀怨。

回拨，却不在服务区。

想起是医院约定做手术的时间，有齐帅和燕子，我放心。

前方十几辆车连环追尾，有人血肉模糊地被抬出来。一个男人跪在路边号啕大哭，说："对不起你啊，不该让你出来自驾游的。"120救护车把他妻子和才几个月大的孩子抬上去。医生摇头，没救了。那男人以头抢地碰得满脸是血，说一个男人连妻儿都保护不了，活着有什么意思，纵身要往桥下跳去，被众人拉住。

我心若有所失，突然疯狂地给卓敏打电话，我要告诉她，这孩子我们要定了。可是，不在服务区。给燕子打，也不在服务区。

内心烦躁。一会儿，燕子回电话，卓敏独自去做了手术，现在大出血……我怔怔地听着，突然发疯，踩着油门向前奔去。

疯了一样赶回北京，积雪在脚下和心一起崩塌。我仓皇地跑向急救室。走廊尽头，那道贴着“肃静”的门内，她已和我被挡在两个世界。燕子匆匆跑出来，拼命对我比画着，那一刻，我使劲揉搓着自己的耳朵，里面哗啦啦的，似乎什么都听不见。手术后大出血……严重贫血，血小板根本没法凝固那些鲜红的血细胞。

医生下了病危通知，我在亲属栏签下我的名字。

听燕子说，她被手术车推进去后，麻醉剂让她出现幻觉，她死死抓住燕子的手，不断说：“杨一，把手给我，别让我一个人，我好怕！”她力大惊人，指甲把燕子的掌心掐出血了。后来她沉沉睡去，仍喃喃叫我的名字。

* * * *

我跌坐在长椅上，等待那扇门被重新推开。

这是漫长得让我失忆的一段时间。

外面有碎雪花从破裂的窗格飘落进来，我用衣领把自己可耻地挡起来，忧伤刹那间淹没我的脖颈。

我想象她躺在手术车上破碎的眼神。我觉得自己很浑蛋，其实我只不过是在逃避，其实我和她已适合为人父母，可以过着简单快乐的日子。

雪，时停时落，窗外光线时亮时暗。

卓敏像一个透明人儿躺在病床上，一动不动。我生怕她死了，每隔几分钟就试一下她的鼻息，附在她耳边问她要什么，她好像听不见，只是喊我的名字……终于她在迷蒙中感觉到我，慢慢睁开眼睛，定定地看着我，却别过头去不理我，默默流泪。

一连几天她都不理我。燕子和齐帅劝她，她也不理。

我明白她身上掉了一块肉，内心极难过。我一时情急，跪在地上大声发誓："等你出院，我们马上生一大堆，男孩女孩，天天吵吵闹闹。"

她终于转过头来，竭力对我笑了一下。

那一笑，一灯如豆。

她轻轻地说："傻孩子，那天我哭，是因为做了一个梦。我梦到我俩去爬雪山，你走得太快，没有注意到我掉进了一个冰窟窿里，我拼命往外爬，但被冰掩住，那些迅速围过来的冰把我的头发凝固住，我大声叫你的名字，但你根本听不到……"

"后来呢？"

"后来我就在冰下面哭了，我的眼泪把冰融化，但我哭了那么久才化开一条小缝，你又走回来了，四处找我，但这时候来了一个年轻女孩，好像是燕子，你就不记得是来找我的了，你们手挽着手，有说有笑地走远了。”

“等你出院，我带你去暖和一点的地方，去潜水、看海龟、捡贝壳，陪你早上看日出。”

她气若游丝地：“我太累了，走不了那么远了。杨一，再过几天又是我的生日，你能再带我去看一次日出吗？北京不像我的家乡，高楼太多，天总灰蒙蒙的，看不到日出。”

“出院后我天天带你看日出，就在咱俩的新家看。记得吗，那个卧室还是你专门给我选的，朝东，每天早上都可以看到太阳。”

卓敏尽量挤出笑容，看着我，又默默地哭了。比起她平时的放声号啕，我更怕这样无声无息的哭。

“杨一，你知道吗，我爱你胜过爱自己。你要乖，要按时吃饭按时睡觉，不要总熬夜抽烟了，也不要再去云南了，我一个人在家里怕，晚上有老鼠的声音……杨一，你说以后我俩真的能在一起吗？”

我哽咽着点头：“一定能！我不出去了，我守着你。”

她使劲握着我的手，轻飘飘的没有力度。她让我亲她一下，我俯下身去，深深地亲她的脸颊，感到嘴里咸咸的。

她昏昏睡去。

手机铃响，苏阳给她发来短信：我愿用全部生命为你祈福。

我打开房门，一束洁白的百合花摆在门口，暗香浮动。

第八章

12月24日，卓敏的生日。

天光灰蓝，冰雪消融时最冷。我抱着她沿着景山公园的山坡慢慢往上爬，汗流浃背，大口呼气，嘴里呼出的白气迅速在她头上凝结成一层霜，才一会儿心就累得快蹦出来。卓敏心疼地用手绢给我擦着汗，说我太缺乏锻炼。

我是好说歹说才让燕子答应掩护我们的。齐帅够仗义，找了他在景山工作的一个亲戚留了个早门。我给轮椅垫了厚厚两层棉被，把她裹得只剩下鼻子和眼睛，慢慢将她推到石梯下，抱着她一路上行。

她出现最近少有的兴奋，鼻尖冻得通红，眼睛却亮亮的，不断催促说天边发亮了，再不快点看不到完整的日出。我抱着她冲上一个亭子。这时天际有一抹亮色，然后冒出一粒红点，变大，变大，突然跳出来。她眼中绽开一抹灿烂，大声说："杨一，你说我们能一直在一起吗？"

太阳完全升起，她苍白的脸绽放着生动的红晕。

她呼吸急促，抱着我，说不想离开我。

天光大亮，初升的太阳给我们和亭子通体贴上一层金箔。我俩徐徐下山，才发现刚才那亭子下面就是皇帝当年上吊的树。她若有所思，问我那个皇帝的女儿当初到底爱的是哪一个男人。我茫然地想着答案，难道那公主还爱上过两个男人吗？

我准备送她回去。她坚决不干，说要去天安门广场看有没有卖风筝的。我看她体力尚好，想着出来一趟也不容易，随即开车前往广场。这时国旗已经升过，人正往外涌。我把车停在南池子，用轮椅推她逆流而行。

阳光刺眼，伴着她慢慢走在热闹的广场，我听她在呼呼的雪风中七零八碎地对录音笔说着什么，一会儿说“生日快乐”，一会儿说起我什么，偶尔还回头跟我聊一句。绕了好大一圈，也不见平时那个卖长长的蜈蚣风筝的老头儿。

有一刻，我发现她很沉默，就说“广场不让卖风筝了，回去吧”，可她没有作声。

我摸她的脸，冰冷。绕过去看，她脸色如纸，已晕倒在车上。

我声嘶力竭喊着她的名字，把衣服脱下来尽量给她挡住冷风，发狂地推着车向南池子跑去：“醒醒，我错了，我们回家！”

路人惊愕地看着我们。

* * * *

贫血导致的高烧，伴有罕见的心肌梗阻……那个白发老头儿医生知道是我带她出去了，愤怒地让我赶紧滚蛋。

这次来的医生和护士比以往任何一次都多，我看不见她的脸，只能隔着玻璃窗看见她被各种仪器遮蔽着进行抢救。众人表情凝重，燕子不停地跑进跑出，偶尔给我传递着里面的信息：血压低，脉搏微弱，血小板就像草草堆上河堤的沙包，根本无法抵挡洪峰的冲击。

我羞愧无语，坐在走廊外的长椅上。

苏阳来了，锐利地盯着我，声音沙哑地喝斥："你到底还想不想让她活！"

我低头看着他带来的百合花，眼睛刺痛。

这时医院催促续交费用，苏阳一声不吭续交了五万。我知道其实他最近也没钱，拍了拍他的肩膀说："谢了。"

苏阳并不看我，淡淡地说："不是帮你，是帮卓敏。"

浅浅也来了，经过我时恨恨地扔下一句："我早就知道你会害死她的！"抬头看见正在整理交费单的苏阳，低低问了一声还需要多少。

苏阳冷眼看她，喉头上下游动："不需要了，唐显虽然有钱，但是我苏阳还不差这点钱。"

浅浅忽然冷笑："你总是这样，打肿脸充胖子。我选择了唐显，他能给我你给不了的东西。不过我不是你以为的薄情寡义的女人，我曾经跟过你，所以提醒你一件事，昨天唐显给他美国的合伙人打电话时说了一些话。我听不太懂，但你得小心一点，你们俩已为那块地撕破了脸，他比你想象的要狠。”

苏阳说：“滚。”

我问：“你跟浅浅到底怎么回事？”苏阳没有正面回答，说：“这并不重要，重要的是，我终于知道离开一个不爱的女孩。”

* * * *

卓敏终于醒了，可尚未脱离危险，来了一帮医生护士会诊。

那天晚上，我和苏阳就在齐帅办公室的沙发上打盹儿，一夜无语，轮流守候卓敏。天亮时分，好像听见苏阳问我：“要是她死了怎么办？”

我迷迷糊糊“唔唔”应着……这个冬天，我疲惫得像一头脱水的动物，每天往返于医院和家之间。

我在她的病房中布满冬天里昂贵的香水百合；我在燕子指导下每天煲当归鸡汤；我亲手剥出了很多核桃给她补血；我把医院附近所有餐馆的菜谱调查得清清楚楚。我甚至学会做几道拿手小菜，她口味一直清淡，对那道高汤菜心很是满意。

我也不忘每天按时给宝宝喂食，用DV拍出了它的各种细节，还唱了那首《木鱼石的传说》，逗它仰起脖子兴奋地“唔唔”直叫……她非常想念它，看着宝宝憨傻的样子，笑得不行，交代我一定记得给它买大白兔奶糖。

只要能让她好起来的任何事，我都照单全做。

眼前情景似曾相识，两年前，同一家医院，我照顾着卓敏，那时我和她还没有发生那么多事情，只是想突破那扇玻璃窗……两年后，饱受折磨的我俩已无须突破什么，因为我们已血肉相连。

我很内疚，一切因我而起，打掉孩子让她成了这样，所以我必须为她做我所能做的一切事情。

她在天安门广场晕倒的那一刻，我突然觉得舌苔无味，四肢发麻。那一刻我已明白，如果她死了，这个世界对我将毫无意义。剩下的日子我将为她而活，我需要她，哪怕有一天口吐白沫，累死在半路上。

但我已非常缺钱了。卓敏每天两千多块的住院费和药费，还有那套房子的按揭，让月薪六千元的我捉襟见肘。

那点可怜的积蓄很快用光，我找狗子、小刚、以前的同事甚至所有认识的人借钱，编出各种理由借钱，有时候连自己都觉得这已近乎诈骗。愿意借钱给我的人越来越少，有时，我穷得连吃份肯德基套餐都心疼。

穷途末路。

我甚至去找严丽莎借钱。那天听说她正在“漂亮宝贝”做指甲，我急忙赶去。她嘴角带笑上下打量我，扔给我三千块钱，不屑地说：“怎么混成这样了？这钱你不用还了，我知道你现在也还不起，就算是对我俩在一起半年多时间的纪念吧。以后你别来找我了。嗯，不过，小刚的钱你得还，他心疼了好久，要是一时还不上，哪天你总得打份借条吧，这世道，谁也别流氓假仗义。”

我深受其辱，觉得血直往头上涌，我很想把钱扔到她那张庸俗的圆脸上，但刹那间脑海里浮现出卓敏苍白憔悴的样子，她躺在床上正等着钱输血，她还有很多美好时光要和我一起度过，我要带她去海边看日出、玩海龟、潜水……这一切的前提是她必须活着，不惜一切代价也要让她活着。所以我选择卑微地笑，亲了一口那沓钱，油嘴滑舌："丽莎，我就知道还是你疼我……"

我没有去找苏阳借钱。一是因为他现在债台高筑，二是不知为何，他和我心照不宣生分起来，电话越来越少，必需联系也基本上使用短信交代。

我在公司是一个无实际意义的小角色，但还是知道公司面临的危机。最近清查违章用地，已经抓进去好几个房产老板。前天检察院、审计局的人刚到公司把各种原始文件调走，因为有人举报，在我们这块地的审批过程中存在严重贿赂行为。举报者是个内行，七寸掐得很准。要不是苏阳的老妈四处救火，公司说不定已被封掉，唐显和苏阳也被带走了。

前段时间，我听到唐显对苏阳吼："真以为天上给你掉馅儿饼了？你是这个公司的总经理，当初字是你签的，入股公司是以你名义注册的，我可以说被你骗了！"

苏阳拍着桌子也吼："大不了鱼死网破！"

我觉得苏阳有些不妙。如果那块地真被清查出"行贿"，从经济案件变成刑事案件，唐显和苏阳都脱不了干系。可当初唐显留了后招。公司财务人员都是唐显的亲信，很多账也是糊涂账，很多文件都由总经理苏阳签字，他生性散漫，当初又信任唐显，所以见单子稀里糊涂就签，这里面不知埋下多少雷。

那天唐显摔门而出时说了一句："你要明白，资本，并不仅仅是钱，是一种信念，谁违背，谁就会付出代价。"

苏阳狠狠地把功夫茶杯子砸在门上。我转过去，笑着对苏阳说："如果你进去了，我在外边一定坚持天天帮你下注。"

唐显曾打电话给我，问我最近是不是特别需要钱。我知道他是想拉我过去，我掌握了太多苏阳的软肋。可我不喜欢唐显，不喜欢他故作清雅，说话时还时不时夹杂着几个英语单词。

我每况愈下，为了躲房东，甚至晚上回家都不敢开灯。不过我还有底线，再撑不下去我就把那套按揭的房子卖掉。

但我轻易不会这样做，那房是卓敏和我的归宿，我要带她住进去，在里面生儿育女。

* * * *

我想了很久，决心再去趟云南。

虫草价格飞涨，可水涨船高，京城的有钱人最近莫名其妙喜欢这个东西，卖得比黄金还贵。武青说他可以帮我，跟我一起直接去找那些寻草的山民而不是中间贩子。这也需要本钱。

我终于卑微地向唐显开口。他很开心，还说我不再跟他见外了。他拿了二十万给我，说不必还。我说如果不用还，我就不借了。他从镜片后面看着我，说我真是个聪明人。

卓敏一直不喜欢我去收虫草。所以我就骗她，深圳一个开影楼的朋友接了一个大单，人手不够，让我去帮几天忙。

每年五六月份才是挖虫草的季节。天太冷，虫还没有化成草，草也没幻成虫。我们去山民家里收购存货，找了几天没看到好货。武青说，不如飞到昌都，昌都的冬虫夏草才是顶级的冬虫夏草，赚头多几倍。

降落邦达机场时，风很大，大得像有拳头凭空把飞机往下砸了两三百米。我以为要坠毁了，不断念着“唵嘛呢叭咪吽”，祷告佛祖我是为女人挣钱救命……

武青皱着眉头看我，说那个女子会搞死你的。

他找到昌都的藏族朋友帮忙鉴别，这里产顶级虫草，假货和次货也多。我们天天跟人喝酒，天天盯着各种虫草，以至于我闭上眼睛，眼里全是一根根长得跟虫似的东西，弄得浑身发痒。但这是好东西，如果顺利，此行能赚十来万。

我已出来十几天，一天天过去，花的都是本钱，眼看这样耗下去，心里着急。武青的朋友安慰我，第二天就见面。那是青海一个专业收草队。我们仔细验货，色泽、环状都很正，价格也公道。当下付款交货。

我们是回到招待所才发现的，二十万的货竟是用青海的海东草混着川草冒充顶级的昌都草。我登时嘴上起泡，武青也急了，当即跟我回去找那帮人。可哪里还见人影，那家招待所甚至说从来没有这帮人住过店……武青用刀子逼着朋友。那朋友发誓，背叛朋友天打五雷轰。他说从此不离开武青，直到帮我们找到那帮人。

第二天下起暴雪，天地一片茫茫，一连几天我们都出不去，只得在招待所里喝闷酒。窗外大雪纷纷，一齐下在我心头。

有一天，我喝着喝着，发现雾气在玻璃窗上形成各种奇怪的形状，就觉得像卓敏在玻璃窗上跳舞，煞是好看。我大声唱起歌来，唱着唱着，武青问我怎么哭了。我说没哭啊，只不过是在唱歌……咚的一声倒地。

高原反应。我在医院昏睡了两天才醒过来，头痛欲裂，胸中郁闷。看着窗外雪已停了，飞鸟在雪地里觅食，心里发空，很想念卓敏。打去电话却没接。再打，苏阳接了，说她正在复查，情况很好。我还想问点什么，他却挂掉电话。

武青说我这是急火攻心。他说已放话出去要收购便宜的昌都草，要多少收多少。他说，便宜的昌都草定是假草，这些人看来是惯犯，不会放过冬天来的大客户。

出院以后，继续跟武青到处打听那帮人。有一天到离县城几十公里外的一个地方，听到熟悉的歌声："在那东方的山顶，升起皎白的月亮……"我心中悲苦，抬脚走进这个修有很多柱子的寺里。那寺庙看上去很老了，厚厚的幕帘全是灰尘，酥油灯却把墙壁打成金色。我不由得跪下，求莲花生大师能保佑她和我。

一个老喇嘛经过我时，愣了。他忽然指着我手腕上的水晶叽里咕噜说了些什么。我心中一动，正想细问究竟……这时武青那朋友急急跑进来，面露喜色告诉我们，那帮人找到了。我们赶紧跑出去。

武青在身上绑了两根雷管，一进屋就扯开衣襟亮给那帮人看。他们大吃一惊，可并不认账，说钱到货过，哪里还有退货的道理。武青一声不吭，拔出刀子一刀把自己小手指切下来，鲜血直流。人们没回过神来，他的刀子就架在了领头那人脖子上。

武青说："我们没认出货来，剁了这根手指算还账；你们要是不答应，我就剁了这人，也算还账。"

那领头人让人拿出一扎红布裹着的虫草。武青一脸狐疑。那领头人说，他不会骗敢断指头为朋友帮忙的人，这一包是整个昌都最正宗的冬虫夏草。

* * * *

那天傍晚，我内心充盈地开车前往医院，车里，云南香水百合散发着清香。

拿到钱的时候，我瞬间计算出这可以缴付两个月的住院费和药费，可以给卓敏换个单人病房，可以把半年的按揭交清，还可以让我和宝宝过上不错的日子。对了，还可以保证卓敏天天都能看到新鲜的百合花。

生活其实很简单，我深感上天待我不薄。

我告诉卓敏第二天才回来，是想给她一个惊喜。

准备把花插进花瓶的时候，发现里面已有另一束百合花了，比我这束漂亮……燕子不在，一个新来的护士说，有人刚刚推着轮椅和她下楼去了。我低头看见一双男式拖鞋在病床下面。我想了想，慢慢走出病房。

外面的空气很冷冽，因挣到钱而兴奋不已的大脑渐渐清醒。有一根散乱的线索固执地在脑子里延伸向某个所在，我并不知道它准确地通向哪里，但知道它存在着。我加快脚步，前面是一道低矮的红砖围墙，有片小树林，我听到一些熟悉的声音……

体内好像有正负两股大力互相抵抗着，头脑拒绝过去，脚步却慢慢移动。终于绕过那道围墙，看到了卓敏。

卓敏正扑在一个男人怀里，好像在向那男人述说什么。那个男人抚摸着她的头发，亲吻着她的额头。他背对着我，但我太熟悉这个背影了……

苏阳。

她抱着苏阳，死死抱着苏阳。我听见她说："我很为难，不知道该怎么跟杨一说。"苏阳柔声说："我是男人，那就由我来跟他说吧。"

她肩头抽动着，像有哭腔："到今天这一步，我不知道以后怎么面对他，他对我的感情……"

苏阳打断："实在不行，就搬到我家去住。"

卓敏沉默了一会儿，点头……

苏阳拍着她的肩，鼓励着她，又轻轻亲了一下她的额头。

我的头顶犹遭雷击，我不知该做出怎样的姿态才能面对眼前的情景。我站在树林的暗处，咽喉像有根尖锐的东西梗住，竭力控制，却仍发出了怪怪的声音。

他俩猛地扭头，看见呆在原地的我，愣住。

我也愣愣地看着他俩。

他俩迅速分开。

卓敏使劲擦着眼泪，苏阳快步向我走来。冷空气如针般刺痛着我的声带，我有点失声，拼命向他俩挥着手，说："别过来，别过来。"

苏阳不敢过来，站在原地喊我的名字，让我别冲动。

如果说我还有优点，那就是每当我暴怒到极致，反而会变得冷静。所以我笑了，仔细看着他俩，我把腕上的水晶摘下来，放在地上，躬身做出一个请便的手势，说：“好玩，真好玩，继续玩吧！”

我转身离开，大踏步走到停车场，拧燃引擎。

风骤然而起，寒风在半空中肆虐着枯萎的叶子，雪亮的车灯打得它们身形妖冶。我根本不去想刚才看到的情景，努力做出一丝狞笑，不为所动。

心，有种空空的痛。突然觉得自己像被一排排机枪子弹打出很多枪眼，变得毫无价值。

* * * *

阿甘的妈妈说得没错，人生就像一盒巧克力，你永远不知道下一口的味道是什么。

关键是，我的下一口用力过猛，咬住了自己的手指头，鲜血淋漓。

我叫杨一，这个名字其实并无深意，父亲给我取它只是为了好记。那时候边疆同名同姓的小孩实在太多，父亲说把我丢了也好找，就取了。

我是在我妈的肚子里颠簸了三天两夜随父母去新疆的，我的父亲是军分区文工团一个没什么才气的小提琴手。为了支援边疆，他们在那个沙暴横行的地方生下了我，然后就没完没了地争吵，并终于在我九岁那年离婚了。我随弹得一手好扬琴的妈妈又颠簸了三天两夜回到了四川。

成都，没有漫天遍野的沙暴，只有没完没了的雨水顺着青灰的女儿墙往下滴落。

我还记得，从我记事开始妈妈就爱悄悄地哭，她有很长很长的头发，总是在哭的时候梳着那头黑黑的头发，像是要把什么东西梳到消失。她还爱拿梳子给我梳头，但我总是拒绝，然后她就很不开心，说我和我父亲是一种人。

我十四岁时，我妈妈就因为卵巢癌走了。走的那天，她已经瘦得不成人形，她拉着我在床前说了一些话，她让我以后千万不要相信跳舞的女孩……后来我知道，我父亲就是因为一个跳舞的女孩和妈妈离婚的。

十几天后父亲来了，他居然还对着我妈的骨灰盒流了几滴眼泪，我看着他，不知为什么我就笑了。他严肃地说要接我回新疆，我说不去，然后我发现他大有踢我屁股的迹象。我小时候他常常这样，所以我顺手就抄起了一把菜刀对着他，对峙很久。然后我告诉他，如果我去了也许就会忍不住用菜刀把那跳舞的女人破相。

他想了想，然后走掉，走之前对我说的最后一句话是："你和你妈是一种人。"

我又笑了，他俩互相指责我像另一方，这可以证明他俩很像，但很像的他俩互为敌人，至死都没有在一起。生活就那么操蛋，一个准确的数学公式算出来的却是最荒谬的答案，所以我一度拒绝要小孩，我甚至觉得让一个小孩出生这件事本身就是对小孩的犯罪。

我觉得自己是个没有信仰的人，我不相信世界，也不相信存在世界观这东西，我从来没有按大人们的要求认真地做好哪怕一件事情，没有好好念过书，没有诚恳地对待过老师，我总是和同学打架，给胸脯开始发育的女生写字条。我最终能考上大学纯属意外，当我坐进考场，发现一半题都在老师布置的题海里。我没有受过很好的教育，但我做过很多题。

十六岁那年我似乎发生过自己的初恋，那是一个喜欢穿碎花连衣裙的女生，她比我大一年级，喜欢坐在高高的树上大声唱歌，那个夏天幻化的景象让我着迷。有一次我骑着自行车路过时，她叫我上去……我们在树上坐过好几次，看着夕阳照在彼此脸庞，然后光线慢慢变暗，最后黑暗笼罩了全身，我就在淹没的暗影中吻了她。

她对我说："这是我的第一次。"

我很留恋她嘴唇那种咸咸的味道，脑子有种晕乎乎的感觉。

后来我才从寝室另外一个男生那里知道，她也给过他"第一次"。她比我们大一年级，她坐在高高的树上，有好几个男生都像我那样爬上去过……有一天她又叫我上去时，我骑着自行车没有回头，默默辗着自己碎碎长长的影子一路过去了。我不喜欢骗人的女孩，更不喜欢自己被骗的感觉，我决定，对于欺骗过我的女孩子，我绝不回头。

我开始变成一个高傲的人，虽然我知道这样的高傲只是出于伪装，我必须以一种满不在乎表达与世界的对抗。

直到遇上卓敏。

那时，我正好决定这辈子总得做一件认真的事情。

她偶然得像颗沙砾掉进眼睛，我不能置之不顾；像一根刺扎进肉里，最终化成了肉。不管想不想得起，疼和爱都在那里。

* * * *

我事先根本想象不出卓敏和苏阳之间有任何瓜葛，事情发生后，就能像对数学题进行验算一样倒推出所有缘由。

我还记得苏阳第一次见到卓敏的情景，他盯着她很久都没有说话，号称阅人无数的他从未这样，当时我以为他只是被清冽逼人的她镇住了；我还记得在我和卓敏上一次分手后，作为死党的他从未对我提起她的任何细节，其实他经常见她，他不跟我提起她其实是想让我和她绝缘；我还记得他并不吃惊我和卓敏重归于好，还警告我不要轻易复合；还记得浅浅对我隐晦地说起他俩分手是因为一个女孩；卓敏在景山公园莫名其妙说起一个女子能不能爱上两个男人；还有那条短信，以及病房外那束香水百合……

我知道，医院红砖围墙外的事情只是一场蕴积了很久能量的地震，一震动，深埋地下数亿年的恐龙化石被翻将出来，散落一地。

当我准备认真生活一次时，生活却对我开了一个玩笑。这让我不知该往前行，还是回到过去，我骑在墙头上的样子，非常荒谬。

* * * *

她像沙暴肆虐的大漠深处跃然而出的一片绿洲，有一条蜿蜒的小河，长着一些沙枣树，跑着十几头阿尔泰绵羊，不知谁修了几处防风用的弧顶石头房，炊烟弯弯地向上延展。就是那首民谣：“我的好姑娘，你不是我的天堂，你是我寂寞沙丘最后的温床。”

我以为我爱上了她，她也爱上了我。

但生活一夜变得蛮荒。

命运冥冥之中给我安排了一副牌，那个发牌手不断地把不同的牌摆在我面前：开，还是不开？

我决定选择开，既然玩，就一定要把这副牌玩下去，认真地玩。

我去给卓敏交住院费时，才知道所有人早在我之前就知道了真相。燕子支支吾吾说苏阳其实对卓敏真的很好，齐帅拍着我的肩膀安慰，“天涯何处无芳草”。狗子说，我去昌都那二十几天，苏阳和卓敏才正式好上。见到唐显，他意味深长地告诉我，看人要看本质……我说了声“谢谢收看”，把本钱还给了唐显。

这是我深思熟虑的。这笔钱为卓敏而挣，就一定把钱用在她身上。我只是认真对待自己当初的决定。我仍然耐心给百合花浇着水，给她剥核桃，帮她点外卖、做小菜……只是我对她已无往日的温度，即使微笑，她也一定看得出我的眼里已空洞无物。

菩空树说，男人和女人在一起，其实只有两种关系：要么讨债，要么还债。我现在就是还债，是我让她得了这场病。等债还清，我和她一拍两散。

她也看得出，时时就莫名哭了起来，她不要我再为她做任何事情，让我马上离开医院。我微笑着对她说：“等你病好了，我马上离开。”

我对苏阳并无亏欠。每天在病房见面，擦肩而过，视彼此为空气。那天在住院部外的游廊抽烟，碰上了，彼此沉默，只有烟头的焦味心照不宣地散开。

他终于忍不住，说：“对不住了，兄弟，我又欠你一次。”

我笑着离开，想起什么，停下问：“最近是不是常看《孙子兵法》？”

见他不解，我耐心地解释：“真会装孙子。”

他大怒：“杨一，你丫怎么说话呢！”

我回道：“我的鞋合脚吗？真是的，穿别人的鞋，让别人无路可走。”

苏阳青筋直暴：“你可以侮辱我，不可以侮辱卓敏。”

我轻蔑地把烟头扔掉，转身，发现她一动不动站在我俩身后。

她努力笑笑：“杨一，别这样，别对苏阳这么狠，好吗？”

她说：“即使咱俩结束了，但你们是哥们儿，不要让我难受好吗？”

我突然像一枚被拔了拉环的手雷轰然炸响：“哥们儿？我就奇怪了，你怎么对我的哥们儿就这么感兴趣呢？先是赵烈，后是苏阳，然后还有狗子、小刚，你是不是特想顺藤摸瓜把他们撸个遍才有成就感？你不仅是个不祥的女人，还是一个贱女人……”

苏阳冲过来挥起拳头，我冷静地盯着他：“这胳膊全好了吗？那次在泥石流下面，我是先看见这条胳膊才把你拉出来的。”

苏阳愣住，胳膊停在半空一动不动。

卓敏披头散发地冲过来，对我大喊：“你救过他的命怎么了？你也害过我。你早该知道，我恨你、恨你，是你让我怀孕、让我打掉孩子，我现在躺医院里也是你害的，他欠你的，我帮他抵清了。我告诉你，这辈子我就跟定苏阳了，至少他比你更重情义。从今天起，你不要再来医院了。”说完她死死抱住苏阳，睁大眼睛向我示威。

看着卓敏疯狂而坚决的样子，我心酸无比：“知道吗，你们可以欺负我，不可以欺骗我，这会让我难受的。”

忽然觉得这样说，显得很软弱。于是我又对他俩狞笑了一下，说：“现在我们应该进行一个交接仪式了，不过苏阳我提醒你，穿别人的鞋可得小心点，我可有脚气的。”

我觉得自己转身离开时，身形暴涨，犹如一个巨人。

* * * *

我再也没去医院。我的债已经还了。

我也没有回家，不想再看到卓敏那些熟悉的东西。我一连三天待在人去楼空的公司里，没日没夜上网打游戏，饿了就点些外卖，困了就睡在沙发上。

倒是见到过一次唐显。他说：“公司处境很难，不知能否渡过这次难关。苏阳不地道，拿了我很多钱但现在对善后的事甩手不管，除了泡妞和赌球，他什么都不管。最近我也四处找人通门路，不知能否把那块地的事情定性成违章用地的经济案件，而不是刑事案件……”

我打断：“你到底想我做什么？”

唐显沉默了很久，说：“如果有人来问你，我希望你能证明我只是一个投资人，那块地的事情，是公司总经理苏阳的行为。”

我木然地看着他，重新拿起游戏手柄，边打边告诉唐显：“我只是一个小角色，证明什么都不起作用。”

唐显笑笑，说：“有用的，肯定有用的。”

我明白，他要跟苏阳撇清关系了。苏阳这个花花公子，除了玩，正事不清，那些文件、账单基本由他签字，不管唐显结局如何，苏阳的麻烦都来了。

屏幕里出现一个狙击手，我指法清晰地毙了他，从而打通本关……觉得自己技艺精进，心里有丝快感。

狗子给我来了电话，约第二天晚上打桌球。我本说不去，但狗子说苏阳也要来。我想了想，就说，准时到。

我不会陷害苏阳，可已预知其结局。提前观察他毙命的样子，对此，我有一丝莫名的兴趣。

* * * *

那天晚上，整层楼寂寥无声。我看着电视里的一个言情剧，有个人喝了很多酒，喝着喝着，眼泪哗地下来了。

我在沙漠中如焚地走着，我看见皮肤已被太阳割裂成一片一片，前方一棵枯树似乎吊着一个羊皮做的水袋，充盈而甘冽地悬在树枝上……当我挣扎着跑过去拔开塞子，一支利箭射穿它，水，迅速在沙砾中蒸发。

是苏阳。

我拔出腰间的左轮手枪向他愤怒射击，但无一颗中的。他狞笑着慢慢走过来，一只脚踩在我的额头上，脚上的鞋正是以前我穿过的。他慢慢拔出腰间的左轮手枪，飞快地退着子弹，只剩一颗在膛里，他旋转轮盘，然后对着自己的头开了一枪，没有响，然后交给我，我扣动扳机，听到“轰隆”一声……

当我的头颅飞到天际时，还看得见我的下半身尚跪在沙砾中纹丝不动。我在空中大笑，有沙子飘进嘴里，我哽咽。一抹夕阳打在我的额上，我使劲儿眯着眼睛，发现这时世界变成铁锈色。

然后我醒了，嘴里很渴很苦。

很久没有这样喝酒了，酒精最易蒸发掉体内的水分。我起身喝了一大杯水。电视没关，正在播报南京动物园里一头非洲狮不小心跑到了老虎的笼子里，与一头雌虎狭路相逢。经过惨烈搏杀，老虎耐力逐渐显露出来，突然一口咬住狮子喉咙不放，把狮子在笼子里拖来拖去，直到对手血流干……动物园饲养员是用灌了氨水的高压水龙头猛喷老虎才让它松口的。次日，狮子因失血过多死亡。

那个记者还在饶有兴致地解说着水泥地上的血迹，而我为那头狮子的死去悲痛不已。它只不过饿了才误入别人领地，却要那么悲惨地死去，死在离它出生地那么遥远的地方。人类真他妈操蛋。

隐隐觉得有什么不对。我愣在原地想了很久，突然大叫一声，穿上衣服跑下楼去。

我有三天忘记给宝宝喂食了。

第九章

过去我外出，总把宝宝交给门卫老头儿看管。这三天我在公司睡得昏天黑地，竟忘了它，留它独自在家里。

我急急打开房门时，它正趴在门边，饿得已有虚脱的征兆，鼻尖干燥，眼神飘散。

过去的三天，它肯定一直守在门边忠诚地等我。它是性情如此温良的一只狗，胆子很小，再饿也不会撕咬家里的物什。

天哪，我差点儿杀死它。

宝宝贪婪地吃着我买的大白兔奶糖和狗粮，因进食太急而痛苦哽咽。我赶忙进厨房取水，它以为我要再次离去，就急急跑来舔我的手表达谄媚之意，可是它实在太饿，又跑回去匆匆吃了一口……我抚摸它的头，对它说着“对不起，从此再也不会离开你了”。它“呼噜呼噜”吃着，殷勤甩尾回应。

它终于吃饱，懒懒地躺在我腿上。我帮它挠着痒痒，跟它说着话。它眼神憨厚好似听懂，鼻腔发出撒娇的“吱吱”声。这让我心中某处一阵柔软的疼痛。

它的内心世界我无法得知，但我知道自小被遗弃的它很怕孤独——它差点儿死在雪地里，被捡到后才得到了温暖和食物。它一直很爱我们，依赖我们，把我们当成唯一归宿。可这一个多月发生了很多事情，它无人照顾，缺少食物。茫然无措之中它也敏感地感觉到了什么，每次见到我都尽量做出各种讨好的动作，生怕淘气得罪了我，我打电话声音稍微大点，它都瑟瑟地缩在角落。它是一条如此知足的狗，一块奶糖、一个抚摸就让它感到无比快乐。

这两年它跟着我们，受了很多奔波之苦。它在顺义乡下寄养时曾被人伤害过，背上隐隐有一条长达十厘米的伤疤，以至于到现在它看见光头就害怕。我知道，寄养宝宝的那个人家，户主正是一个剃着光头的大汉。总有一天得找碴儿修理一下那个光头浑蛋。谁也不能伤害它。

第二天我带着宝宝去了桌球馆。

* * * *

我和苏阳的再次见面如此平静，拿杆打球前我俩还握了一下手。

我发现，他腕上竟戴着那串水晶。那晚我把水晶摘下来了，一定是她给他戴上的。她说过，这水晶是她的命。

苏阳神勇无比，一晚上打得风声水起，居然连胜我五局。我掏了一千块扔到绒布台上。苏阳端着一杯烈性威士忌走过来，用杆头碰了碰我的脑袋：“怎么样，服气吗？不服再来……”

我没有理他。

他来的时候就喝醉了，此时还喋喋不休地对狗子和小刚述说战胜我的种种心得。我忍不住说“这就叫作小人得志”，他突然暴怒，瞪着眼睛吼叫：“孙子你还别不服，你什么都争不过我的，只要我想赢，就一定是我的！”

我让他再说一遍，他加重语气说：“北漂有那么容易吗？没有我，你现在还不知在北京哪个角落当流浪狗，真看错了你，想不到你居然给唐显当狗。”

他瞥见宝宝，顺脚踢了一下，它哀叫着躲开。

我抄起球杆向他打去，狗子使劲抱住我。苏阳趁势朝我头部打来，血，流下来，淹红了我的双眼。我大吼“操你妈”扑上去。苏阳好像突然冷静下来，他对正劝阻着我的狗子和小刚说：“放开他，让他打死我好了，正好跟他清账。”

我挣脱包围，高举球杆犹如一杆标枪对着他的咽喉，但久久难以刺下……我已完败，刺下去毫无用处。

我看得出狗子他们看我的眼神中有一丝同情，我突然觉得为了一个女人就这样，实在不值，我越愤怒，在人们眼里越没面子。我应该就让他欠着我，让他欠我一世。

那天晚上我们居然有和好的迹象。狗子和小刚一直在劝我们，诉说着过去我们那些足以唏嘘的往事。我们曾在一起喝酒，一起在“非典”中泡妞，一起去大漠、雪山，跟别的户外队为争夺避风口扎帐篷打架……

苏阳说着说着就哭了，他抱着我的肩说：“你丫打架挺狠的，我一直挺佩服你。”

我笑笑，说：“龟儿子的，你拿什么报答老子。”

他很警惕，咬咬牙说：“杨一，全世界我都可以让给你，只有她我坚决不让。”

离开时，突然觉得总算解脱了一件事情。我身后，一个冬天的冰雪土崩瓦解。

＊　＊　＊　＊

接下来的日子里我无所事事，每天一人一狗，徜徉北京街头。

我无聊地训练宝宝各种本领，带它去那排白杨林，让它在积雪里找我预先藏好的石头。还教它去门卫老头儿那里取信件，到楼下的小超市帮我买烟、买宵夜。它还学会给我叼来袜子，这是它最喜欢的，屁颠屁颠儿，小心翼翼，不流下一点儿口水。

我逐渐和人类疏远，却和它感情甚笃。

有天在白杨林，它看见一条纯种金毛，欣喜地跑过去亲热。可那光头狗主人却用脚踢它，骂“杂种滚开”。我让他再踢一个试试。他不屑地问我想干什么。我奋不顾身和他扭打起来，在积雪里摔来滚去。那厮力大，在上面压住我还把雪往我嘴里塞。宝宝见我吃亏，平时温顺的它竟咆哮着疯扑上来，咬住那人袖子不放。

那光头带着纯种金毛落荒而逃，回头骂：“杂种，咬人的金毛当然是杂种！”

我哈哈大笑，抱着它庆祝胜利。这时苏阳打来电话，说卓敏想把宝宝带走，她想念它。

我淡淡地说不行，果断挂掉电话。

我不能把宝宝给她。现在我很依赖它并确知它也很依赖我，我们之间彼此一个眼神就能读懂对方想什么。现在我什么都没有了，我一个孤家寡人必须拥有宝宝，它是我内心一种毛茸茸的柔情。

可是之后几天，我发现她曾悄悄回来过一次。她的气息残留在房间里，放在衣柜里的衣服被取走，喜欢的一些小摆设也少了，那支录音笔也不见了……她显然是有意识躲着我，确认我不在家才上楼的，可能是我回来时熟悉的马达轰鸣声惊动了她，她才匆忙离开，未及带走宝宝。因为我回家后，居然发现水龙头是热的，宝宝还在嚼着一块不知来历的奶糖。

我希望她早点把属于她的东西清理，可我担心她把宝宝偷走。我这几天出门都带着它，可去到一些公共场所并不方便，关在车里又怕把它闷死。我决心正式给卓敏打电话，让她放过它。

* * * *

她的手机关了。给医院打电话，燕子说她病情好转，前几天结完所有费用出院了。

“她去哪儿了？”

“不知道，苏阳来接的她。”

其实我早知道她会搬去苏阳那里。可听到确切消息，我竟有点失落，问燕子有没有卓敏的其他联系方式。

燕子有点伤感地对我说："杨一，我知道你是一个好男人，可好男人就得挺住。忘了她吧，我看她和苏阳挺合得来的。"

我鼻子有点酸，却在电话里笑了，告诉燕子"只是想交代一下那条狗的事情"。

挂掉电话后，我似乎听到楼道里有熟悉的脚步声响起……听了一会儿才发现，那不是卓敏，是邻居。

我不断拨打手机，她一直关机。越联系不到她，我就越想找到她。这种念头生根发芽，挥之不去。

我问过浅浅，她在一个很吵闹的地方吃饭，匆匆对我说了一句"别太认真，会伤了你"。

我终于失去尊严地给苏阳打去电话，他很认真地说："我会对她说，你在找她。不过，她真的不想再见到你……"

我终于明白，她真的不想见到我了。

我和她之间其实没有对错，只是伤害太多，失去那个孩子本让她哀怨，之后我又对她和苏阳恶语相向，彼此之间再也没有回旋余地……感情的危机犹如手榴弹，一拉弦，永不回头。虽然那天我非常想离开她，但当她真的消失，我竟失魂落魄。

那根刺终于被从皮肉中拔出，隐隐作痛。

我每天把车停在她看不见的地方，我并不觉得这样做很阴险。

* * * *

出事的那天毫无预兆，我甚至还帮宝宝洗了个澡。

它把水珠抖落我一身，我作势欲打，它跑到床下躲藏起来，直到我用奶糖哄它出来。它喜欢这样耍赖，不过是为了吃一颗奶糖。

我好说歹说把它骗出来，用吹风机给它吹干着毛发。宝宝突然竖起了耳朵，鼻腔里发出兴奋的叫声。我警觉地关掉吹风机，似乎听到门锁被轻轻触碰……我向门口跑去。开门，只听见一串清脆的脚步声仓促躲进电梯间。我冲过去时，电梯门正好合拢，水青色的衣角飘然而逝。

他们肯定以为我不在家，鬼鬼祟祟上楼来要带走宝宝。

我莫名愤怒，顺着消防通道追去，在楼下看见她钻进一辆X5。

我鄙夷地望着他们远去，回头。

“汪！”一道金黄的影子从车边倏然掠过，是宝宝，脚不停步向那辆车追去。我匆忙间忘记关门，极度思念中的它疯狂地追了出来。我喊它，它并不停步。我知道在它的内心世界，卓敏已成为它的妈妈，即使和我快乐嬉戏时，它也在想念着她。有时电视里播放歌舞，从小看着卓敏练功长大的它，鼻腔里也会神往地发出“吱吱”的声音。

我赶紧跑向远处的停车场，开车沿路去追它。

我不能失去它，我偏执地相信别人不可能照顾得好它。我向苏阳家的方向开去，穷尽目力，在四环那条混乱的马路上终于看到了它。

高速的奔跑使它的尾巴拉得长长的，金黄的毛发被风吹得凛然英俊，大大的耳朵随身形起伏。它的表情狂热，四肢伸展有力，在饭后散步的人群中像一支金色的箭般向前奔去。

我打开车窗大喊它的名字，城市太嘈杂了，它听不到，反而跑得更快。

它仿佛发现了前面的车，“汪汪”大叫，那一刻，它的跑姿生动漂亮，它一定觉得自己是这座城市最帅也最快乐的狗，因为它马上就要见到自己朝思暮想的亲人了。

一个十字路口，红灯，它毫不犹豫冲过去，身形轻盈得像要冲进一片树林。

“砰！”

我的耳膜被玻璃破碎的声音刺痛得几乎流血，一道金黄腾空、翻转，在半空中卷出一道心碎的轨迹，坠落、坠落……

前方一辆军用吉普紧急刹住，下来两个人查看……有股大力击穿整个身体，天空白白亮亮的没有颜色，耳朵里有条大河飞快流过，我几乎失聪，踉跄跑去分开人群——

它还没有死，但侧胸已出现一块明显凹陷的阴影，它再也没有几秒钟前的矫健生动，看上去只是地上一卷散乱的金色毛皮。

我大声呼唤着它的名字，它没有反应，它的身体扭曲蜷缩，不断抽搐，这意味着整条脊梁完全断掉。它鼻腔里“哧哧”喷着粗气，稠酽的鲜血从它的嘴巴、鼻子甚至肛门慢慢流出……

人们麻木地围看着，议论纷纷，并不出手援助。它的眼睛似乎已看不见了，但它残存的嗅觉感知到了我，竭力抬头，流着眼泪望着我的方向。我大喊它的名字，说我在这儿、这儿呢！

它张嘴，想舔我的手，安慰我，像平时那样讨取欢心。但它已无法自如控制身体了，舌头伸了伸，就耷拉在外边动弹不得。它很着急，下颌关节"咯咯"直响，却流出很多口水。它尝试用爪子搭过来给我一丝温暖，可是却因痛苦抽搐而抠住我的手腕。

我疯了，我害怕它正涣散的眼神，感到它的爪子迅速冷却。我手忙脚乱去找身上是否带着大白兔奶糖，但浑身上下没有找到，我几近癫魔地问："谁有奶糖，求您了，奶糖……"

人群奇怪地看向我，低声议论就像蚊蝇："死了吗？疯了吧……"

那两个人用脚去踢它，试探它还有没有活着。我挥拳击向他们，但被轻易架开，然后被一记勾拳狠狠击在面部。

它想帮我，可是不济，它想低低咆哮，喉咙里却发出一声长长的"呃"，它想用前腿支撑着站起来，整个身体却开始更为剧烈地抽搐，四肢猛蹬，眼虹涣散。挣扎一会儿后，它终于放弃，只是看着我，用生命中最后一丝温暖和柔情看着我，像过往一样柔软憨厚地看着我。它的最后一滴眼泪冰冷地滴下来。

我抱起它，奋力穿过人群，把它瘫软的身体放到座椅上。我双手发抖地发动车，不知该带它去哪里，只是一边飞快开车，一边对它大叫"宝宝挺住"，把手放在它的额头上，心中默念“唵嘛呢叭咪吽”，乞求菩萨能挽救它。

我从工具箱里摸到一块奶糖放在它流淌着泪水和白沫的嘴边。但它没力气吃下了，它没机会吃下生命中的最后一块奶糖。它躺在座椅上，鲜血滴滴答答落在地垫上……在生命最后一刻，它一直用涣散而柔软的眼神看着我。

它就无声无息地死在我旁边的座椅上，一直看着我，直到最后都没有闭眼。

* * * *

我把它埋葬在楼后那片白杨林里。

两年前一个大雪的夜晚，它出现在这里，雪花轻灵地飘散在它幼小而多病的身体上。还有三天就是春节，远处有孩子在鸣放鞭炮，空气中萦绕着节日的馨香，没有人注意到有一条狗刚刚死去。

我买了很多很多大白兔奶糖包裹着它僵硬的身体，在给它挖的那个坑里埋了无数的狗粮，我还在那棵白杨树上刻了难以察觉的“宝宝之墓”。最后，我掏出身上所有的钱给那个看门的老头儿，让他时时帮我照看宝宝，最好能种点草在上面隐蔽它的归宿，免得那些淘气的小孩把它挖出来。

老头儿的那条黄狗是被活活打死的，我相信他一定能做好这件事。

别了，我的好儿子；别了，我的好兄弟。从此我再也不能喂你吃奶糖了，再也不能帮你洗澡吹风了。对不起，上次你偷吃了太多糖，我不该打你屁股；对不起，那次我不该抱怨给你洗澡太折磨人说要把你扔掉；对不起，那个周末我不该把你关在阳台上免得你打扰我看球赛……你再也不会被我忘在家里饿了三天，天堂里每天都有最好的奶糖和伙伴。

北京冬天最后一场大雪，我转身上车，雪花恣肆地砸在车窗上，雨刮器摩擦着玻璃窗“吱吱”作响。我竖起耳朵，因幻听而觉得它在呼唤我。

我并不回头，飞快拐上公路，想把自己奋不顾身融化在北京晚间的车流高峰中。

第十章

唐显知道了我和苏阳打架的事，推心置腹跟我谈了一次。

他说："世上只有难过的心情，没有难过的事情。无论是你和苏阳，还是公司的处境，只要努力，没有过不去的难关。"

我不解其意。

他有些唏嘘："前段时间我做得不妥，在这种关头合伙人之间更要精诚团结，内讧无益。其实我已考虑一段时间了，政府的地总有一天会卖完，官场势力风云变幻。所以，无论那块地最后什么结局，哪怕我'进去'几年，我都想把公司转型，未来主攻文化旅游产业。"

唐显详细说出他的意思，沿着丝绸之路，做旅游、餐饮、药材、土特产一条龙的产业，还可以联合打造西部影视基地。"我已找人细算过了，性价比反而更高，就算金融危机来了，文化旅游行业受的冲击最小，热钱愿意投进来。"

唐显盯着我半天，缓缓说出来："我跟苏阳商量过这个想法，他很开心，说户外极限才是你们的强项。所以，我希望你和苏阳能一起沿途考察一下，如果可行，公司马上立项。"

我终于明白唐显的意思。在新的生意面前，他和苏阳已经重归于好。这让我有些失望，我明白这就是唐显常说的，资本的力量。

我摇头说不去。

唐显："苏阳希望你能去，这里面只有你是学旅游管理的，何况那条线路一千多公里，风土人情都很复杂，苏阳说只有你跑过好几次，地头最熟。"

我忽然问："这一趟，我挣多少钱？"

唐显会心地笑了。

* * * *

春节刚过，我们一行七人、三辆车，准时上路。

我和苏阳在出发点会合时，他有点吃惊。

他不必吃惊。我想通了。无论唐显和他是反目还是合作，我只想挣笔钱，然后离开这个城市。唐显答应，沿途把这一千多公里考察完后，给我二十万。

他送行时祝我们一路顺风，还开玩笑说要是我们回来迟了，他可能就已被警方带走了。苏阳有些感动，说走前已跟他爸摊牌，要是再不救命，就陪他一起坐牢。唐显叹息着，坐牢也只能一个人坐，否则新生意谁来打点。

按规矩，我和苏阳应该各自担任一辆车的主驾，狗子执意让苏阳帮我看路书，说这次他想带另一个新手熟悉一下路况。我知道狗子想让我和苏阳进一步缓和关系。他并不知道我将离开北京，所有的人和友情与我无关。不过我无所谓，转身上车。

北方的初春仍然荒凉，窗外忽地掠过的大地呈现出灰黄的斑秃，空气中已开始有沙尘暴的土腥，那些偶尔的树，偶尔的人，都蒙上昏黄的颜色，分不清哪些是树，哪些是人。

我和苏阳并无交流，除了听他预报“前方五百米有右急弯”，“坡上有暗冰”，“下一站营地还有四十公里，可以加油”……他是一个老手，这一点我从来都信任他。

但从哥们儿的意义上，他已经消失。

这一年苏阳变化很大，他嗑药到神情恍惚，赌球到债台高筑。他并不管公司，对他自己那间广告公司也不理不闻，任其自生自灭。他也不再热情自信，变得冷漠脆弱，抢走最好哥们儿的女友更是违背江湖道义。连狗子这没心没肺的家伙都悄悄说：跟着苏阳没前途了。

车里毫无生机。我们唯一的交流，只是困乏时接过对方帮忙点燃的一支香烟，这个动作还能让我们彼此想起曾经是朋友。他递烟过来，我时时能看见他腕上的水晶，不过现在我的心已修炼出一层铠甲，不为所动，只当那是阳光反射在玻璃窗上的光影。

已经出来五天，考察了沿途一些县城、农庄的接待能力，不过主要还是要跟旅行社合作。按唐显的想法，还得多看一些未经开发的户外露营地，未来大客户很多来自海外，喜欢原生态旅游，包括宗教、药材、古河道，都是我们要考察的方面。这也是他一定要让我同行的原因——从内蒙古、河西走廊、甘南草原直到四川西部，我比较熟悉哪里有好去处。

前面就是宁夏沙漠，我们将穿越它，经甘南草原直抵川西若尔盖的花湖，每到七八月，那里的花开得像迷人的水妖……

* * * *

那天晚上，我们就住在沙漠边缘的帐篷里。我不想和其他人在一起斗地主，我很累，独自跑到车上喝酒。初春沙漠的夜晚非常寒冷，我把发动机打燃以免冻坏。

仰头去看晴朗夜空中布满的繁星，我想起半年多前曾和卓敏一起仰望繁星，那时一切还很好，那时她还问我想要男孩还是女孩，她说："做爱以后看见的第一颗星星就将是你的孩子。"

车门被拉开，苏阳两眼炯炯有神地看着我，他坐到副驾驶位上，伸手拿过我的酒瓶喝了一口，说："这感觉真像当年我们在一起的样子，那时我们……"

我伸手阻止他再说下去，独自看天，有漂亮的光划过，沙漠中每天都可以看到很多流星。

* * * *

大雨，这么早的春天就下这么暴烈的雨非常罕见，大雨机枪子弹般把沙漠溅出一排排水幕，隔着车窗也能嗅到雨点溅起的土腥味，能见度不足十米。我把车速降低，压着后车的速度，不让过于靠前，古河道里流沙很多，说不定就陷进去了。

本来中午就结束今天的路程，狗子却说南边四十多公里有一条古河道，执意去看。我知道那河道不宜行驶。可是苏阳附和，说唐显就是想搞点原生态旅游，看看能不能建个露营点。

到了古河道，才发现河床很深，两岸有十几米，极为陡峭。我迟疑。狗子却在对讲机里怂恿着下去，苏阳也不停催促。我硬着头皮一踩油门冲下去。

刚进河道暴雨就来了。河岸在暴雨冲刷下极为松散，地质条件非常险恶。几年前这里还有很多小煤矿，虽然下令撤销后逐渐销声匿迹，可地质早已被破坏，不时有小型泥石流从河岸泻下来，打在车顶上。我小心地寻找着较为安全的路线，辨识着暗藏的流沙……狗子在后面大喊大叫，我拿起对讲机忍不住对他大骂："再叫就弄死你，跟着我的应急灯指示走。"

我们不能停下来，因为如果停，暴雨和不知所在的流沙可能把我们卷入万劫不复之地。更糟糕的是，我们也不知往哪里开，这么差的能见度使我们很难找到冲出河床的正确出口。只有凭着直觉，用鼻子去嗅。

可是我瞥了一眼油表，油将耗尽，再找不到出口，只有等死了。

古怪的幸运，雨突然停了，天边出现一抹妖冶的彩虹，照亮远处一个通向出口的缓坡。我大喊一声，全体轰上一档冲去，一阵皮带摩擦的刺耳声，车轮卷起很多泥浆，冲出了河床上了河岸，开出这条狭窄的山脊，前方四十多公里就有村落。我们大声按着喇叭，在对讲机里唱着歌庆祝……

苏阳突然说："我有个问题一直想问你，当初你为什么要在五百里无人区救我？"

我没有回答，其实它像刻于硬盘一样存在于我的大脑——

赵烈死后，我想办法四处筹款帮他还债。那时流行寻找伟大祖国各条河流的源头，我正在阿坝收虫草和川贝，见奖金不错，顺便参加了寻找金沙江源头的户外活动。太阳升起，太阳落下……第三天时窗外一切景物失去了影子，这提醒着我这时太阳已直射头顶，就看见苏阳和那辆被泥石流压得跟捏瘪了的可乐罐似的越野车。我拉着一个死人和重度休克的苏阳，不时翻开他的眼皮检查，他的瞳孔无限放大……那是五百里无人区，我曾经因为遇到泥石流，也差点丢命。幸好想起菩空树曾塞给我一瓶"金刚油"，我把它灌入苏阳口中，然后他就回光返照般苏醒，又休克，又苏醒……直到营救车开到。

这是我和苏阳认识的开头，却成为记忆的结尾。现在的苏阳与我距离最近，我们却互为敌人，这世上有没有兄弟之间永远的情分？我不知道，嘴角继续挂着冰碴儿般冷漠的笑。

我告诉苏阳："我只是帮赵烈还债，看见你还没死，顺便再收个债。"

苏阳说："你的债，看来我是还不清了。"他好像有些困，昏昏欲睡，我示意他把安全带系上。

一股大力从车尾传来，我觉得整个车被巨手撕扯了一样失去平衡，轮胎根本抓不住湿滑的地面，然后我和苏阳向河床下面坠滑……

好像翻滚了一个世纪的时间。从河沿到河床坡度很陡，车翻了几个滚，最终仰翻在河床上。我在车厢里看见完全逆转的世界，感觉世界从这个角度观察很新颖。摇了摇头我知道没出大问题，幸好系了安全带。我爬出车，把苏阳拖出来，拍打他的脸。

他的嘴角有一丝细微血迹，然后他醒来，对我笑笑。狗子裹着一道烟从河岸跑下来，看苏阳没事，他却哭了。

苏阳骂："狗子你这杂种，犯这么低级的错误。"

我把苏阳的眼底翻开检查了一下，瞳孔无异状，嘴里流血是因为翻滚时他咬着了嘴。除了脑子有轻微的眩晕，他没有问题。苏阳看着我，又笑笑："要不是你开车，可能我就挂了。我又欠你了。"

我觉得很奇怪，虽然路况不好，但三辆车至少间距十米，狗子的技术一向不赖，怎可能追尾？

* * * *

晚上在村庄吃饭，我终于主动对苏阳说了第一句话："跑完这一趟我就离开北京。"

苏阳愣了，像不认识我一样盯了我很久，说："我还没还完你的债呢。"

然后他突然呕吐起来，刚刚吃的羊肉吐得满桌子白花花一片。狗子还笑着说："老大现在这么不能喝啊，一瓶小二就趴了。”

我冷冷地说：“嗑药嗑的，天天嗑的人酒量就会变小。”

苏阳喝了口水，说没事，就是有点头晕。然后我们商量了一下第二天的行程，各自回房。经过那辆被追的车，苏阳低头看了看，突然捂住脑袋又开始呕吐起来，跌坐在地上。我们赶紧把他扶起来，小刚还悄悄问狗子苏阳是不是又想嗑了，我大喝一声：“你他妈给我住嘴，他有点儿不对！”

我心中刹那间涌上一种不祥的预感。

苏阳坐在地上，脖子软软地耷拉在肩上，嘴角尽是白沫。我翻开他的眼睛，瞳孔放大。我大声问他有什么感觉，他几乎说不出话来。我很困难地分辨出他的意思：恶心。我让大家小心地把他抬到桌面上以维持平衡，轻托着他的颈部以免他窒息。

我最害怕的事情出现了：苏阳很可能是在下午那一撞之下，颈椎已撞出一处裂纹，当时并无异状，但经过之后的折腾，再加上刚才他低头去看维修，他的颈椎完全断开。

——这是户外驾驶最阴险的杀手。其实并不怕来自前方的大力撞击，因为有车头保护，人多少也有应激保护；最怕突然来自后方的追尾，特别是睡着时，身体完全松弛，那股“寸劲”速度极快，人体最脆弱的颈椎可能一下子出现裂隙。人当时并无异状，或以为只是轻微脑震荡，但之后会因为人的活动，裂隙逐渐扩大竟至断裂，整个脊柱就废了。由于供血不足，最后，大脑像失去水分的花朵，干枯死去。

头晕、恶心、呕吐、瞳孔放大、颈部瘫软、四肢完全失力，一切症状符合颈椎断裂。我突然很担心苏阳会死。

走出房间，我考虑着下一步行动。

* * * *

寒冷的空气刺激着我的肺叶，无名疼痛。突然听到狗子在营地外的一顶帐篷后和谁悄悄说话……

我很奇怪，他已有一段时间不在房间了。

蹑足走去，听到狗子对着手机那边说：“他命大，当时滚到河床居然没事儿，不过现在悬了……那钱你明天无论如何得给我打到卡里了。”

我如遭电击，嘴里有一股血腥味。

狗子一脸惊恐地回头看着我，挂掉电话并准备删除通话记录，我一拳放倒他，抢过电话，屏幕上显示着一个非常熟悉的名字。

我抽出腰间的皮带，用金属头抽打着狗子。这时房间里传来一阵喧哗，我知道苏阳出事了，这种颈椎断裂，每过一个小时，痛苦会呈几何级数增长……

也许有奇迹，如果能在断裂八个小时之内送到医院，接合断裂的颈椎。

* * * *

一个没有颜色的世界，一个没有时间的夜晚。

我是一头在黑夜里拼命突围的野兽，四周的一切都是蠢蠢欲动的伏兵。看不见前路，只有发着幽光的指北针指引我前往未知的城市，可黑夜漫长无边。

车灯雪亮地打在沙砾上，裸露于地表的矿石纷纷反射出豺狼眼睛般的磷光，我找不到任何参照物，只有天上的星星冷漠地看着我。我生怕一瞬间就会错失正确方向，一不小心就撞上沙漠中的动物尸体、枯树，或者陷进流沙。

嘴里很苦，我知道这是恐惧之下胆汁过度分泌的结果。

苏阳就躺在我身旁的座椅上，他已在弥留之际。

出发前往一百五十公里外的城市前，我在他的颈部用三个枕头垫了一个“品”字，我还用两根皮带把他绑在座椅上以固定身体。我只能做这么多。如果在剩下的五个半小时中，我能冲出这片深不可测的沙漠，战胜黑夜，我就赢了。

即使我赢了，苏阳还得赢，他必须战胜颈椎断裂的巨大痛楚以及大脑缺血带来的昏厥，他不能一直这么深度昏厥下去，这样会加速他的死亡。

所以我把车内的音响开得巨大，大声地唱着我所有能唱的歌，我还一直呼唤着他的名字，回忆我们一起的美好日子，痛骂他种种不是……

我强迫他回答脑筋急转弯，以便确认断裂的颈椎没让他窒息，他也知道这一切处境，努力回应着我，含糊不清地说着“是”或者“不是”。

有一刻，他好像死过去了，我恐惧地拍打他的脸让他苏醒，可是他又开始呕吐。车内散发着一股恶臭，但我不敢打开窗户，初春沙漠的夜太冷，体温急剧下降的他根本承受不了黎明前的浓霜。

我必须赶在黎明前开出这片死寂的沙漠，必须和太阳赛跑。只要太阳没有升起来，苏阳就有救，就有可能活下来。

风，刀子般刮过坚硬的沙砾，车胎压过碎石的声音如冷兵器格斗，窗外的一切如黑色的海水包围着我和苏阳。一条星河闪耀着横亘天际，可是我却看不见光明，时间消失了，世界也消失了，那一刻很古怪，是一种透骨的真实。

苏阳艰难地说："兄弟，放下我吧，我不行了。"

我破口大骂："操你妈，你他妈怎么这么尿。老子拼着命救你，你他妈必须给我活着回北京，再来几局桌球，看我不打你个稀里哗啦。"

苏阳好像笑了，他说："你不知道，我偷偷练着桌球呢，还请了教练的，所以你打不过我。"

我勃然大怒："就知道你心眼儿多，你他妈抢我女朋友，等你病好了我就劈了你这个流氓假仗义的东西。"

我看不见前方，但隐隐觉得前方有危险，凭直觉猛打方向盘，车体差点翻滚过去，当绕过那个庞然大物时，我才发现那是一头死去的骆驼的骨架。剧烈的晃动让苏阳痛苦地呻吟，里程表显示离最近的城市还有六十多公里，我对他说："再挺一个半小时，我一定让你躺在医院手术室里。"

苏阳又开始呕吐不止，这一次呕吐来得特别奇怪，几乎是井喷般把胃里最后一点东西打在了车窗上，我闻到了血腥味，还有奇怪的味道。我听人说过，这是最后的征兆。我越来越浓地闻到死亡的味道，那是一种被烧焦的木头的味道。

我不服，调动着身体最深处的潜能向前狂奔，我要跑过马上升起的太阳……

* * * *

奇怪的是，苏阳突然清醒起来，他举起手腕把那串水晶摘下来，递给我，眼神亮亮地看着我，那一刻我发现他的眼睛又恢复了过去的热烈，像一蓬冬日里的炉火。

他说："杨一，你把车停下来，把这个戴上吧。"

"疯了！你他妈不想活了！这时候就托付遗物了。相信我，我们马上就能到达城市。"

苏阳笑了，他笑得无比奇怪："兄弟，我过不了这一关的，你停下来，趁我还有一段时间，我要告诉你一个故事，关于卓敏的……"

我奋不顾身向前开着，我根本不想听他说什么故事。他见无法阻拦我，就举着那串水晶一字一句地述说了，很平静——

杨一，如果谁能够真正做到欺骗自己，就是世界上最幸福的人。但没有人能够做到，包括你、我、卓敏。

比如卓敏，她很想让你认为她已不爱你了，让你从此忘掉她，但你们都知道，你们之间永远会相爱，永远做不到忘记，无论我苏阳是否戴上了这串水晶。

我告诉你，这串水晶是用来骗你的道具，我和卓敏从来没有一天成为过恋人，虽然我喜欢她，爱她，甚至嫉妒你的好运气，但我必须说她仍然爱着你。你看到她在医院的小树林里拥抱着我，可是你不知道她对我说了什么，她说她永远不可能爱上除杨一之外的任何男人，她甚至突然明白，她其实也没有真正爱过赵烈，那只是一种少女的崇拜，而不是爱。

杨一，你个混蛋，你信不信她说过——她很想嫁给你，想和你一起生孩子，为你生一堆男孩女孩。只是她已无法做到了。

我知道你正在想为什么那天晚上她会抱住我，为什么她出院后会住在我家里，为什么她把手机关掉想尽办法让你找不到她——你听说过Thalasso Hemia吗？这是希腊语，意思是“地中海贫血症”。

一种绝症，死亡率超过癌症，目前还没有任何办法彻底治好它。

我在短暂的茫然后，突然被一记巨雷轰破头颅。我瞠目结舌，搜索着被雷击得四处散乱的线头。

苏阳惨笑着，抓住我的右手，他说：“你停下，别枉费心机了，你知道我没时间了，我要死了！”

苏阳又一次吐了，吐得快断肠。但他意识清晰，眼睛发亮，居然轻轻笑了笑。我知道这是回光返照。他说——

地中海贫血，名字好听吧，得了这病一般只能存活三至五年，是全世界攻克难度排名第三的绝症。就是说，卓敏快死了。

你知道吗？那天她说——世界上最痛苦的事，不是你爱的人离开了你，而是你眼睁睁看着你深深爱着的人慢慢死去，你却无能为力。

所以她一直没有告诉你真相。

那天你去昌都了。医生把我找去对我说了一切，他说他们也是刚刚发现的，之前只是以为这是较为严重的贫血症，根本没有想到这么罕见的病居然会出现在这么漂亮的姑娘身上。医生还说这种病一般出现在小孩子身上，成年病例并不多。我得说，卓敏这么优秀，可是运气实在太不好了。

我愤怒地大喊：“你他妈别跟我说胡话了。”
苏阳根本不理会我，他咳了咳，冷静地说——

医生说理论上还有接近十万分之一的存活可能，但实际临床还达不到这个数字。只有两种治疗的方法：一、换脊髓；二、每两个月全身换血。上述两种方法的费用奇高，而且还不能保证有用。我对医生说，花再多的钱我们也要争取。

医生没有对她隐瞒病情，那天她听了真相后眼睛发直，足足半天没有说话，等她能够说话时，她第一句话就是：如果我死了，杨一怎么办？杨一会疯的……

多他妈好的姑娘啊，都要死了，还想着你。知道吗？那天你在小树林时，我俩正在争吵究竟对不对你说实情，我希望你知道真相，她坚持不让你知道。她说到了这个地步，真不知道该怎么面对你，因为你太爱她了……她反复念叨着——世界上最痛苦的事，不是你爱的人离开了你，而是你眼睁睁看着你深深爱着的人慢慢死去，你却无能为力。她说：“杨一为我已累得不成人形了，他爱我，我死了就什么也不知道了，可他还要活下去……”她甚至不同意积极治疗的方法，她不愿花费上百万，却没什么存活希望。

她说她只有回西藏了，但又不想让老阿妈痛苦；她说第二天就自杀，因为她不想看到自己慢慢死去的样子。她最后说她现在什么都没有了，但感谢我，至少还有我能够在她死前陪伴她。我抱着她，说由我出面告诉你吧，然后你就出现了……

她也曾想告诉你真相，可后来看到你暴怒的样子，她就决心进一步激怒你，让你恨她，忘记她。最好你离开北京，她就悄悄地死去。她还逼我答应，激怒你，跟你打架，让你认为我们是一对狗男女，虽然这也会让你伤心，但这种伤心会过去，因为你找得到敌人，等你哪天找到新的爱人，心头的恨总会过去的。

对了，她后来转到另一家中外合资医院，对“地贫症”最有经验的医院。为了不让你遭受最漫长的痛苦，临行前我们交代任何人不能对你说出真实情况，包括燕子。

你知道吗？每次她激怒你，回去后哭得都特别伤心。她每天都好想见你，但她却要我指天发下毒誓　绝不对你提及关于她的一个字。我发了毒誓，否则就头断血流不得好死……现在我马上就要下地狱了，不管拔舌还是下油锅，也无所谓了，我觉得你有权利知道这一切。

因为我确知你们互相爱着。

车突然被一块石头弹起，苏阳喷出一口鲜亮的血，过多地讲话已让他气若游丝，他要求我马上停下："我没有时间了，让我说完，兄弟，你能不能让我死得好受一点儿……"

我对他愤怒地大叫："苏阳你他妈给我听着，你不会死的，我不会让你死的，现在太阳还没有升起来，我们马上就到医院了……"

苏阳惨笑一下，绝望地摇摇头，我抬头向前方望去，恐怖地看见远方天际已出现一抹亮色。我从来没有这样害怕太阳升起过，代表生命、代表希望的太阳在这个时候却成为催命的图腾。

杨一，我知道你恨我，我要让你恨我，你越恨我，就越快忘记卓敏，如果你不知道她的死亡甚至蔑视她的死亡，你也就不会有痛苦了。

我承认我喜欢她，在你们第一次分手后，我还悄悄向她表白过。可是她不喜欢我，因为忘不了你。有时我觉得这他妈很不公平，凭什么她不喜欢我而喜欢你。所以我这么帮她，也是想证明给她看……当然说这些都没用了，我本来想独自承担看着她死去的痛苦，可我做不到了，我先撤了。

我马上就要死了，刚才突然想明白了，你有责任知道她的病情，你必须在她走之前一直陪着她。如果让她一个人慢慢地等死，这对一个女人太残酷了。她为你做到了所能做的一切，而你为她做的并不多，所以这一次你必须做到。

对不起，剩下的痛苦只能由你一个人面对，我走了。我死了之后也就没有那么痛苦了，剩下的就轮到你小子了，看来老天一切都安排好了，老天对我不薄。

对不起，我不能再提供她治病的钱了，我已经把车卖了，我那间广告公司其实早卖出去了，我能为她做的也只有这么多了。对不起，我其实好想和你继续当兄弟，一起喝酒，一起打桌球，还想和你再打一架……你得好好对待卓敏，她是个好姑娘，她值得我们这些爷们儿去珍惜，不惜一切代价也要珍惜……我把水晶给你戴上去，它本属于你……

我发现苏阳在我怀里迅速冷却着，他的手颓败地向下滑落，抬头望去，远处的天际正在发亮，一个鲜红的小亮点正在低矮的云层中呼之欲出。我发疯似的踩着油门，我要赶在它跳出来之前飞到医院。只要太阳没有完全升起，苏阳就不会死。

天边的红点好像挣了一挣，又挣了一挣，然后像急于宣布什么似的突然从云层中跳出。太阳升起，光线刺透我的身体，大地一片金色，我的眼睛被照耀得就像流血，突然听到苏阳在我怀里长长地“呃——”地打了一声嗝，像把体内所有的真气完全散出！

他死了，他就死在太阳升起的时候，死在我的怀里，迅速冷却。

阳光打在我脸上，照出我一脸狰狞，世界真的在我眼中变成铁锈色。

* * * *

狗子跪在苏阳的尸体前，小刚一脸茫然不停地搓着手，剩下的人无意识地在车前跑来跑去。

我给武青打去电话：“来趟北京，我需要你帮我一个忙。”

我又拨打了另一个电话：“苏阳死了……你高兴吗？”

我回到了北京，带着沙漠中最凛冽的杀气。

第十一章

远离城市八十公里的郊区，私人农场，一个隐秘的庄园，午后的阳光如洗，园子里安静得能听见每只飞过的小鸟振动翅膀的声音。

只有他和他的随从，而他，低头照看着正在生长的蔬菜。

我没有想到这么快就能见到唐显，更没有想到他表现得这么平静。他不断地把玩着一只鼻烟壶，镜片后面透出的光芒居然有一种柔和："纯属意外，或者说——天意！我确实对苏阳很不满，因为他贪玩、有头无尾，让我浪费好多钱，可是我并没有想杀死苏阳，请相信我，我对他的死非常痛心。他是一个热情的人，一个值得怀念的哥们儿。"

"不，他的死对你和你那块地是一个最好的结果，那块非法使用的地就此将由一个在沙漠中死去的人来承担刑事责任。你交点罚金就可以脱了最大干系，你从来都是一个聪明的人，那些合同、那些财务账单都是苏阳签的字，他的死，就叫死无对证。”

“我从来没有看错你，杨一，你比苏阳聪明多了。但我为什么要让人在沙漠里杀死苏阳呢？我正希望和他一起开辟公司新的事业。”

“丝绸之路旅游计划并不完全是个骗局，这是你的两手准备：如果那块地顺利过关，你正好金蝉脱壳转型；如果事情严重，你就做掉苏阳。你算得很精，每年户外运动死好几百人，在沙漠发生意外，谁也说不了什么。如果我没猜错，我们刚走，那块地的事情就彻底败露了，所以那天狗子执意要去看古河道，在岸边奇怪地追尾，都是因为接了你的指示。你唯一没有想到的是，我从来都要求坐我车的人系安全带，他从河岸摔下去居然没死，他要是当即死了，后来我也不会发现狗子给你打电话……”

唐显笑了，柔和得像一缕缥缈的烟：“证据？他给我打电话并不算证据，即使苏阳复活也不能指证我。我现在正在考虑两个选择：一是‘隆重’参加苏阳的追悼会；或者，让律师拟好起诉书，指控苏阳和他母亲合伙伪造土地使用范围，利用总经理签字权进行非法业务。我，只不过是一个受骗上当的投资人。”

我也笑了，拿出一张碟，“你忘了还有浅浅，你那么喜欢留她在家里过夜，你与国外合伙人的很多重要电话都是在半夜打的……她录了音频、视频，我备份了好多。”

我把碟放在桌上，转身离去。

我快走到门口时，唐显在后面大喊：“你要什么条件？”

我回头笑笑：“你知道，我一直很缺钱。”

唐显阴沉着脸：“三百万。”

“我要离开北京，我得买房，娶妻，做个小生意，五百万买你的命不算贵吧。”

唐显沉默很久，审视着我的表情。

我看看表，说：“我来的时候跟同伴说了，要是十一点整还没收到转账信息，或者我没出现在约定地点，就把东西传到网上。因为你有一万种办法让我投降。现在你只有十分钟了。”

唐显向我竖起大拇指，问了我的卡号，开始给银行打电话……

“砰”，这时门被撞开，一个身形高大的保镖反剪着武青的手进来，“这小子一直在窗外摄像。”

唐显愣了愣，哈哈大笑，笑得腰都直不起来。他慢慢走到我身边，亲昵地搂住我：“诈我？讹我？从来没有什么浅浅的录音，你只想让我有所反应，在窗外摄下来。懂法，也算有力的法庭间接证据……杨一，机关算尽，误了卿卿性命。你露馅儿了，我就不必留你。”

他脸色大变做个手势，那个保镖用最标准的“锁喉”把武青锁得眼睛鼓出。唐显潇洒地拿走摄像机，走到一个漂亮的鱼缸前：“在这个远离市区的农场里，死两个人，十年也不会有人知道。哟，看你的朋友眼睛鼓得好吓人，忘了告诉你，我这随从是全国散打亚军。现在，我只要让这摄像机做一个自由落体动作，一切就非常完美了。”

武青显然无法对抗那个专业散打运动员，他的呼吸越来越困难，唐显饶有兴趣地看着两个人高下立判的搏斗。突然，那个随从脸上露出古怪的表情，一截灰黑色的刀尖从他背后冒出。唐显见状立刻要把摄像机扔进水里，只见一道冷光从武青手中飞出，唐显喉咙上多了一截亚光刀狭小的刀柄。

我听见一阵清晰的骨头断裂的声音，武青的脖子一瞬间被扭断，耷拉到肩上。

一切变化尽在电光石火之间。我突然觉得很恶心，趴在地上呕吐了很久……

等我清醒过来，武青的眼睛还没有闭上，我轻轻地帮他合上，说："我欠你的。"

拿走摄像机，跨过唐显的尸体时，我发现他平时斯文的样子其实很丑陋，好像还散发出大便失禁的味道。

离开农场时，我拨打了110，通知警察速到农场。因为我轻松的语气，他们将信将疑。

春风吹拂着我的脸庞，深呼吸，一切即将冰释。

* * * *

我估计自己还剩三天时间，在这三天里我得做好以下几件事情：一、迅速找到她；二、把我那套房子卖掉变现；三、默默陪她过上一段美好时光。

在此期间，我必须保证自己安全潜逃。如果我能争取更多时间，就可以为她做更多的事。

我每天小心翼翼行动，每分钟都祈祷不被过早抓住，对自己说：“等一切安排好，我会去自首。”

在燕子的帮助下，我终于看到朝思暮想的卓敏。她刚刚换完了血，窗外的阳光把她照耀成一个透明的婴儿。

隔着玻璃窗，苍白的她几乎与床单化为一体。因为化疗，瀑布般的长发已经完全剃去，戴了一顶小白帽，这让她更添一丝空灵哀愁。她的脸我看不真切，但感觉她没有想象中瘦弱，脸上似乎还有一丝红晕，那些刚刚输进去的新鲜血液，汩汩延长着她一灯如豆的生命。

床头一束百合花，是我刚刚让护士送进去的，她静静躺在那里，像那束百合花一样不为人知地呼吸着。

除此之外，一切如故，像昨日梦境般清晰。

有护士匆匆进去给她量体温，她醒了。

她突然转过头来看向玻璃窗这边，一直沉默地看着，好像发现我来了。

我不禁向后退了两步，才想起特护室的玻璃根本看不到外面。

但我还是特意让燕子交代护士们，如果卓敏问起，就说是苏阳来过。

我不想让她知道我来了，这才不辜负她的良苦用心。我是一个逃犯，她得知任何关于我的消息，就是连累。我必须小心翼翼保护她，即使不能让她更长地活下去，也要让她在最后时刻得到平静。

我只在玻璃窗外默默地看着她，尽量留下她的每一个细节。

我时日无多，每看一次，就少了一次。

* * * *

一连三天，我都默默地看着她……她开始下地，可以走动，给百合花浇水，跟小护士说着悄悄话，因为害羞，还在小白帽上绣了一朵小花，这让她显出一点俏皮。

我躲在她看不见的地方，在走廊，在阳台，在开水房，悄悄看她，而她浑然不觉，只是有次搀着小护士坚持自己打开水时，朝我藏身的地方遥遥看了一下，眼神有点疑惑。

我让护士天天给她更换新鲜的花，请护士拿进去时就对她说这是一个叫苏阳的人送来的。我看得见，她接过鲜花时脸上微微绽开一丝笑容，但表情并不惊讶——苏阳一直在坚持给她送百合花。

* * * *

那套房卖得很顺利，我急于用钱，房价飞涨而我开价不高，除去剩下的按揭只卖五十四万。

签合同时我想了想，说如果能一天内付现金，我只要五十万。买家是个山西人，下午就拎了一大口袋钱交到我手上。我不想买主把钱打到卡上，除非万不得已我不想暴露任何行踪。而我算了一下，这至少可以保证她换三次血外加半年多的生活费。

可半年后呢？我不知道。我不知道当我身陷囹圄，她靠什么来维系生命。我在玻璃窗外走来走去，有一段时间突然冒出一个长期潜逃的念头……直到她离开这个世界我才投案自首。

那笔钱我做了安排，三十万交给燕子，委托她按时给医院打去基本医疗费用；又拿出六万元生活营养费，并专门交代她喜欢清淡食物；最后以苏阳名义从鲜花店订了长送的百合花。

我跑到燕莎给她买了春夏秋冬各一套衣服，她爱美，病护服让她心烦，她穿好看了心情就好，心情好了，病就好得快些。

想了想，拿出两万元坚持让一对小护士收下，这样她们才会对卓敏更有耐心……我想了想是否还有漏洞，尽量把钱安排妥当，即使我哪天被抓，她的生活和治疗也会一切如常。

我给她的卡上存了五万块，要是半年后她真治好了而我却在逃亡路上，她还可以维持一段生活。

最后还剩三万，我藏在身上，方便随时跑路。

燕子听我细细安排，轻声啜泣。我拍着她的肩膀说："没事，钱不是问题，现在我有的是钱。"燕子紧盯着我看，转身就去办事了。

这次我没告诉燕子全部，只说苏阳死了，以后全靠她帮忙照顾卓敏。燕子是个极聪明的女孩，那天深夜见我一脸惊惶，身上还有血渍，就明白了很多。她还把她爸的衣服拿了两套让我换上，带我去那家合资医院。

我仍然东躲西藏，悄悄看着卓敏。但我认为这样的生活让我极度满足，能够遥看着自己心爱的女人，也是一种幸福，哪怕明天就死去。

我很庆幸，本以为三天过后警察就会走过来把我铐上带走，但三天过后，一切平安无事，只是医院救护车的长笛声时时让我心惊肉跳。

＊ ＊ ＊ ＊

燕子给我找了一处住所，但我想尽量多看看卓敏，大部分时间我都待在医院。

为了不引人注意，我常躲在住院部大楼下面一处灌木丛里，那里有长椅可以休息。

中午出去买张新手机卡，想起她腰怕冷，跑到超市给她买了一沓暖宝宝。人群忽然骚动，“抓住他，别让他跑了！”我心头冰凉，可是不甘就擒，拔腿向门外跑去，人流太密我无法跑快……终于在门口，两个警察飞扑而来，扑倒我身边那个小偷。

我如获大赦，低头拎一包东西向外走去。

天下起雨，我打不到车，浑身透湿一路跑到医院，躲在灌木丛那条长椅上。太阳出来，烘着身上的湿衣，我顿感力不从心。我太累了。潜逃的恐惧和一系列安排让我心力交瘁，不知什么时候，我睡着了。

我梦到她来了，还跟小护士说着话：“你男朋友爱你吗？”

“爱。”

“有多爱。”

“最爱。”

声音越来越近。我意识到这不是梦，这几天卓敏常让小护士用轮椅推她在花园里走动。她就在灌木丛的另一侧，离我咫尺之遥。

我不敢作声，眯着眼睛听下去。

“如果爱，趁在一起时好好珍惜，等发现失去，后悔都来不及了。”

……

“你男朋友多好啊，天天送那么贵的百合花。”

“他不是我的男朋友。”

“啊？那你男朋友呢？你爱他吗？”

“他……走了，再也不会回来看我了，有些东西，失去以后永远不会回来的，我现在最想在死之前再见他一面，哪怕远远地看上一眼也行。我要对他认错，以前乱发脾气不好，摔他手机也不好。我想和他好好地过上一天日子，那种真正的过日子，煮饭、洗衣、生孩子。前段时间我还和他争论，如果生三个孩子，到底要两个男孩儿还是两个女孩儿……”

说到最后，她的声音已经暗哑了。午后的阳光让人有点伤感，我仰面看天，不知不觉已泪流满面。想到我和她竟是见一天少一天，再不得见，心头如遭重锤猛击，竟忍不住失声哭了出来。

她是天下第一号敏感的女人，也是世上最熟悉我的女人。只听她在那边轻轻“啊”了一声，向灌木丛这边移近。她并不说话，似乎要望穿这丛灌木。我一动不动，和她相隔两个世界，遥知心意，却不得相见。

她突然大哭起来：“杨一，是你吗？”

我从树丛后走了出来，看见阳光下的她满脸泪水，哭得像朵揉碎的花。

我和她紧紧拥抱，一起号啕大哭。

我哽咽着说：“我都知道了，我好想你。”她也泣不成声，使劲点头。

路人纷纷向这边看来。她赶紧擦干眼泪，像以前那样摸我的头，轻声说：“别不开心哪，我们这样不是好好儿的吗？我就知道我们会在一起的，老天对我们不薄……不哭哪，你看我都不哭了。让我看看你的脸，你瘦了……”

她伸出手来摸我的脸，我感觉得到她的手指已瘦削如竹枝。她深情地看着我，摸着我的脸，眼泪却又流下来。

小护士在一旁看看她，又看看我，也跟着我们放声大哭起来。

* * * *

我再也不用躲躲藏藏了，每天公然推着她四处散步。医生和护士们都说我俩真的很幸福。我也觉得我俩无比幸福，她的脸色一天天红润起来，比任何时候都漂亮。

我给她编了很多故事。

我说上次考察丝绸之路在沙漠里发现了一处唐代古城，苏阳跟当地政府正联合开发旅游项目。那座古城非常奇怪，风吹过来就会发出古代乐器的声音。据说下面有很多财宝，挖到后大部分交给国家，小部分可以返回给个人。

“到那时，我们就发了。”我观察着卓敏的表情，见她并不存疑，为了让故事更丰富，就说有个当地的少数民族女孩儿看上了苏阳。苏阳这人生性风流，居然上了人家，女孩儿家里就非把人嫁给他不可了。这家是当地有势力的，放出话来，如果这汉族小骗子不干，连古城都不让开发了。苏阳吓得屁滚尿流，又不敢撤回来，每日强颜欢笑，倒是学会十几句少数民族语，每天翻来覆去地假装深情表白。

她有些担心，又笑着说："他该受点儿教训了。"

我发现她并不知道宝宝被撞死的事。于是我就又编造了一些宝宝的细节，感叹地说："春天来了，小狗也发情了，晚上常一整夜不归，回来时筋疲力尽的样子，前几天楼下那家母狗的主人上来敲门找我算账……"

她就"咯咯"直笑，说这都是被我教坏的。

她一度对医疗费产生怀疑，我不屑地对她说："女人就是女人，知道我们开发那古城有风投吗？知道前期给我们多少钱吗？七位数。那房子我准备卖了，换套大的。你不是喜欢多生孩子吗？就买一套四居室，你可以有一间专用的衣帽间，宝宝也会有一间……"

她就很高兴，却摇头说："吹牛，你们这帮人折腾这么多年了，也没见成个样子。"见我有些失望，她又赶紧点头，"不过这次可能行的，我一直相信你能行。"

我最后撒了一个谎，说过段时间我可能要去新疆，苏阳顶不住了，那个项目潜力巨大，男人还是要以事业为重……我在为之后被抓留下伏笔。我发现自己脑子里现在通常闪出的是"被抓"而不是"自首"。我和卓敏一起越久，越拒绝自首。

* * * *

可是，我开始怀疑警察是不是已经把我忘了，或者那天他们接电话后根本没有去农场，去到农场却认为这是一起劫财案。

半个月来，我在医院大摇大摆地照顾卓敏，取饭、浇花、打开水，有时太晚就以家属身份睡在病房照顾她。大夫认为亲属陪伴有利于病情治疗。后来我干脆在病房里安放了一张行军床，每晚躺在旁边，给她讲故事，拉着她的手入睡，听她迷迷糊糊说着梦话……

我早上推她去检查，中午到花园散步，傍晚带她看西山低缓的峰峦。我串通护士编造谎言，说她的病情正一天天飞快好转。可能是精神疗法的作用，这段时间她的身体果真恢复得很好。

医生专门找我去谈过一次，他指着一堆数据，神采奕奕："难道这女孩子身上真要出现医学奇迹？"

* * * *

周末那天，她仰起头对我说："我想回家看看宝宝。"

我说："它神出鬼没，白天不归家，半夜才神神秘秘回来挠门卫老头儿的门，弄得老头儿经常睡不好觉，说再这么下去就不帮我养了。"

但她坚持回去看它，还狐疑地看着我，"门卫老头儿不会虐待它吧？上次捡它的时候，他就不断说'快死了、快死了，埋了吧’。”

我坚决否认：“那老头儿可好了，前天还给它买了一罐狗粮，还有大白兔奶糖。”我坚定地点点头。又想了想，决定开车带她去楼后那片白杨林。

她闭上眼睛呼吸着白杨林的空气，笑着问我还记不记得以前在这里“石头剪刀布”。

我说：“当初你太会耍赖了，每次都不认账。”

她得意地说：“你答应我的，要像大人那样哄着我。”

我不以为然：“但每次我都能赢你，知道为什么吗？”

“为什么？”

“因为你总是第一把出‘剪子’，第二把出‘布’。”

她生气地说我这一辈子都在欺负她。

我带她去那棵树，看当初刻下的一排排肉麻的“我爱卓敏”。她哆嗦着摸着已模糊不清的字，一脸的无法自拔：“其实那年我们过生日回家时，我是假装睡着，我就是想让你背着我……”

我说那让我再背你一次。

她乖乖地趴在我背上，我就这样一步一步走着，和她一起数着白杨树。她的体重比以前更轻，我却说她现在重得像头猪，等出院一定要减肥，否则以后就背不动她了。她“哧哧”地笑：“我要你背我一辈子，驾！吁——”

我作势打着她的屁股，她又开始叫“抓流氓”……

她又问宝宝的踪迹，我说谁知道这小子正跟哪只小母狗厮混呢。

她渐渐走到那棵埋葬宝宝的白杨树下。怕她看见“宝宝之墓”那几个小字，我大呼小叫地指着另一棵白杨树说：“看，这就是宝宝最爱撒尿的地方，一股臊味。天凉了，起风了，赶紧回医院吧。这回我可不想让医生骂我。”

她留恋地忘了一眼远处的阳台，不情愿地跟我走了。

我根本不敢带她回家，神经过敏地觉得阳台有人影晃动，一回去就会被悄悄布点的警察按在地上铐起来。

当然这是我多疑了。这段时间，我完全不想投案自首的事情，与卓敏的幸福越短暂，我就希望时间越长久。

我甚至遗忘了半个月前发生的那件残忍的搏杀，那件事情仿佛与我无关。

* * * *

菩空树突然给我发来短信，说他出关了。

他说闭关最大的领悟就是改了六祖慧能的一首诗——

菩提就是树
明镜也是台
本来都是物
何惧染尘埃

他对我说：“佛法就是‘爱恨自如’，其实当一个人老的时候，不会为做过什么而感到后悔，只会为很多事情没来得及做而后悔。”

我觉得这个疯疯癫癫的半老头儿似乎一直用他那双混浊

的眼睛凭空看着我，让我无处可逃。

我一点都不了解这个远房亲戚，我也不关心他悟出了什么真道，我现在只关心我的卓敏，以及下一步去哪里挣更多的钱给她治病。她的治疗取得很大进展，而农场那件事真的淡去了。

* * * *

这家中外合资的医院很重视精神治疗法，常会搞一些篝火晚会之类的邀病人参加。院长是一位澳大利亚女士，她希望晚上我和卓敏能一起表演个节目，她反复地说要幸福的感觉，这对康复很重要。我迟疑了一下，答应了。

卓敏却说她现在这个丑样子，哪儿好意思表演节目。我说她是全城最漂亮的女士，不信可以拿镜子看一下。

我把镜子举到她眼前，在镜子里搂着她笑，我亲了亲她不染一丝尘埃的头，模仿杜拉斯的句子说："比起你一头瀑布般的长发，我更爱你没有头发时的空灵。"

草坪，篝火，医院的护士医生和病人围成一圈。我让卓敏坐在轮椅上，推着她跳了一支圆舞曲。她的脸庞被篝火映得红艳艳的。

人们让我唱首歌，我一向五音不全，憋了很久，情急之下就跪下来，气喘吁吁地大声说："我要娶你……"

她眼泪"哗"就下来了，捂住脸庞。全场沉默，一会儿响起有节奏的掌声，鼓点儿般鼓励着她。

她无法说出话来，只是点头，"嗯嗯"作答。

那位澳大利亚老女士颤巍巍上前，她说，今天很简陋，没有鲜花，没有香槟，没有神甫，但是上天看得见，这对恋人有最诚恳的爱，他们用爱抵挡降临在身上的苦难。

她让我上台。我认真地说："无论发生什么情况，我会永远拉着她的手，让她知道我一直都在，会一直陪她走下去……"

掌声雷动，一个面相和善的中年男人端着酒杯过来祝福我们，说："听着你的声音好熟悉。"

* * * *

很漂亮的一个早晨，只有云，没有风，太阳沉静地挂在天边，颜色深情，慈悲无限。

我推着卓敏在医院的长廊慢慢地走，看外面的云被压得低低矮矮，下面有几点风筝似动非动，那些归来的燕子在被烟熏黄的屋檐下飞来飞去，衔着泥草把一个冬天的细节啾啾述说。

四五个男人慢慢走过来，我的心往下一沉，俯身亲了亲她，主动向他们走过去。

那个面相和善的中年人问："你叫杨一？"

我点头，低声问："能不能给我十分钟，把她推回病房，相信我。"抬起头，一只手腕已被冰冷铐上。

他把另一半铐在自己腕上，笑笑："这样你就跑不掉了。"

我深深鞠了一躬，压低声音说："求您了，求您，就十分钟……五分钟，五分钟好吗？”

我侧过头去，发现卓敏正伸长脖子往我这边看，温婉地问：“杨一，是谁啊？”

我绝望中带着哭腔对警察说：“求您了，用衣服把我这只手铐遮住，我怕她伤心。”

脸上火辣辣被猛扇一掌：“怕她伤心，怕她看见，你他妈就别干坏事儿！”

她从轮椅上站起来了，惊愕地看着我满脸鼻血地被铐着走过来。经过她时，我故作镇定地对她笑笑。我突然意识到什么，匆忙把未被铐着的那只手腕上的水晶褪下来扔给她。

她苍白如纸，像一根蒿草跌倒在轮椅上。我用尽全身力气想扑过去，脑后一声闷响，我两眼发黑跪在地上……

第十二章

我在铁窗里已待了整整三个月，每天看阳光从高处一个窗口狭窄地泻进来。

一只蜘蛛在墙角结网。我已观察出它每一步的规律，什么时候潜伏，什么时候出击。这是我生平第一只仔细观察的蜘蛛，却不知我是它一生观察的第几个犯人。有段时间我怕它死了，它死了，我就更孤独。

我无比孤独。

我开始明白，所谓“孤独”不是指一个人孤单生活，而是你明明知道外面有一个人让你牵肠挂肚，却无法了解到哪怕一点点消息……卓敏病情继续好转了吗？我被抓走后她什么时候苏醒的？我对警察极尽配合，就是想多问点关于她的消息，但警察对我嗤之以鼻：“没出息的东西，老实点儿。”

其实在警察来之前，我有很多机会逃走，或者按计划投案自首。但我像一个饮鸩止渴的人，总是对自己说“再多待一天，就一天”，一天天守在卓敏身边，一天天靠近危险。我清楚这样很不理智，可是我知道结局，无法自已，无法让自己离开心爱的卓敏。

篝火晚会上，那个面相和善的中年人过来说我的声音很熟悉，我生出不祥的感觉，那天报案肯定被电话录音了……我痛下决心当晚跑路。再次跟燕子确认了那张卡的密码，小心查看了那天在农场摄下的镜头，我早买好了全国地图、压缩饼干，还有赶夜路时的头灯。我想好了绝不自首，绝不！自首之后我很可能就再也见不到卓敏，我宁愿终生逃亡，也要保住时时看到她的权利……

我不无调侃地告诉卓敏，苏阳恐怕必须和那维族姑娘阿玛古丽结婚了，打电话让我过去商量最后的对策。我又故作忧心忡忡，说苏阳做正事真靠不住……虽然这段时间跟卓敏已做好了充分铺垫，但她眼睛红红的。

那天深夜，我躺在她身边那张小小的行军床上拉着她的手讲故事，想趁她睡着之后悄无声息地离开。我写了一张字条：“刚才苏阳来了，很急，我和他要去考察帕米尔高原，大约两个多月吧，那里没有手机信号，我找到座机给你打来。一定回来陪你过儿童节，勿念……”

我躺在床上给她讲着故事，她很快睡着，我慢慢抽出手来，拿上包准备出门时，听到她喃喃自语：“别让我一个人，我怕，抓住我的手……”我愣在门口，这句话正是几个月前她打胎前进入手术室时说的，当时我正在外地，昏迷的她把燕子当成了我。

想起篝火晚会上我才说的：会永远拉着她的手，让她知道我一直都在，陪她走下去……

我定了定神，蹑手蹑足地返回，继续躺在她旁边，把手放在她的掌心里。那一刻我变得很平静，好像在等待命运的安排，等待警察出现在我面前……我已无力改变格局，只是享受和她在一起的短暂时光。

脑子一片澄明，我已想好：哪怕第二天早上我就要死去，也要这样握着她的手，静静地等待天明。

我唯一后悔的是，警察抓我的时候，我不该让她看见我狼狈的样子，走廊上被抓捕的情景对她的伤害实在太大。我本该提前走出医院，在大门外主动等他们的……

＊　＊　＊　＊

铁门的小窥视孔被掀开，警察厉声喊着我的号码："有人来看你，动作快点儿。"

自我进来，这是第一次有人探视。

长期孤独状态下，心理会变得敏感。在走廊时我一直胡思乱想：这种时候有谁会来看我？是不是她来了？是不是她出事了？我进来前，医生不是说她的病情大有好转吗……心中大乱，我走得很慢。拐弯时，透过缝隙依稀看见一个纤细的女孩身影，心中如鼓点猛擂。快步走进那间房子，失望……是燕子，旁边是齐帅。

我警惕地看着他俩。

齐帅笑眯眯地说："放心，她的病情恢复得出奇的好。"

他说，那天我被抓走后她休克，病情一度有恶化趋势，她醒了后不吃不喝甚至拒绝治疗。那个澳大利亚老太太就说，你现在正违背他为你做的一切。她想了几天，忽然明白，这么多事情都没把你们打倒，她一定不能败在这件事上，她要等你回来，漂漂亮亮等你回来。她的倔性子一上来就无法阻止了，这段时间配合得很好，还决定接受更积极的疗法，昨天刚做了一种新的脊髓移植手术。

燕子说："医生说手术非常成功，前后一共要进行两次，时间需要三个月左右，你出去就能看到比以前更漂亮的她了。"

我敏锐地看着齐帅和燕子的眼睛，"你们安慰我？"

他们诚实地看着我："告诉你，卓敏已成为地中海贫血症治疗课题中的一个重要现象，她的血小板数据真的出现了奇迹，康复过程都上了国际学术杂志了。当然，这也要感谢那澳大利亚老院长，她欣赏你俩，调动所有资源全力攻克，这次真的取得重大进展。"

燕子把一张字条亮给我看，我熟悉的字体。由于狱警不准随便当面递交字条，燕子就帮我念出这一段字："杨一，我从来就不相信你会杀人，我要把身体养得好好的，我一定乖乖等你，我们一起带着宝宝散步，生儿育女，我答应你，我们就要两个女儿，加一个儿子。"

我如获至宝，隔着玻璃窗吻着那张字条，吻着字条上一个一个的字。燕子哭了，我却笑了。我说："告诉她，我有充分的证据让自己清白，我真的没有杀人。"

我还让燕子转告卓敏，让她把那串水晶"消磁"，等我出来好戴。

* * * *

一个月过去了，我不再孤独，天天看着狱警转交给我的那张字条，背诵字条上的那些字。我甚至数清楚了，连标点符号，一共七十三个字。

我天天想象她的样子，直到后来都忘记了她的样子，或者说看到任何美好的事物都像她的样子，我还琢磨着“地中海贫血症”，异想天开着很多种神仙开出的灵丹妙药。

除了通力配合侦破案情，我积极表现，争着干最脏、最累的活儿，打扫厕所，通下水道，每次回答问题声音最洪亮，知无不言、言无不尽，连向管教鞠躬都保持标准的九十度。由于当过记者，我受命组织大家学习摄影，写作文，还得了劳改系统二等奖。在电视台拍摄我国监狱人性化管理时，我成为典型。那天发洪水，我第一个跳下河里塞沙包，扛大木，坚持到最后都不挪步，成功地没有让大水漫进河堤的仓库。

我表现甚好，态度端正。法院判我间接过失杀人，有期徒刑三年，减刑两年，保外就医。

我出来那天，正值盛夏。

从铁门里慢慢走出来，听见身后“咣当”一声巨响，恍如隔世。我使劲吸了一口炙热的空气，有点眩晕。知了在树桠上不停鸣叫，太阳白晃晃照耀着远处的空地，我眯着眼睛适应光线，看见一个漂亮的女孩打着花伞……

我大步流星走过去，张开双臂。

* * * *

我拿着一张精心制作的贴有照片的卡片，举在一个人的眼前，面带微笑地问：“请问，见过这个人吗？”

“唔……没见过，这人哪儿转来的？”

“好的，不打扰了，这是我的手机，如果您见到这个人能通知我吗？太谢谢了。”

这样的情况我已碰到很多次了，但我一定要面带微笑，一个微小的表情就可能影响结果，我不放过哪怕一点儿蛛丝马迹。

我寻找了北京大小所有的医院，调查了能找到的几乎所有民间诊所，我上网发帖求助，把范围扩大到更多城市……

* * * *

卓敏失踪了，准确地说她早就失踪了。

齐帅和燕子合伙给我编造了一个弥天大谎！

那天我走出铁门，太阳白晃晃照耀在远处的空地上，一个女孩打着花伞站在那里，我张开双臂冲过去。半年的铁窗生涯，我曾无数次幻想着走出铁门那一刻，卓敏如一朵笑吟吟的花儿站在那里等着我，给我一个温暖的拥抱……

我冲过去时，愣住，不是卓敏。

使劲儿眨着眼睛调节瞳孔，不是卓敏，是燕子！

我以为卓敏躲在车上，探头看车里，齐帅神情空洞地看着我，强作笑容。

“卓敏呢？”

“上车再给你说吧。”

“卓敏呢？”

“求你了，先上车！”

燕子把我推上车，在车上，燕子的叙述让我犹遭晴天霹雳——

你被抓走的那天早上，卓敏的病情极度恶化，输进去的红血细胞很快被溶解掉，医院调集了所有力量，三天后，她才苏醒过来。但是她已经并发心肌炎，随时都有生命危险。那个澳大利亚老太太用尽一切办法，一个月后，卓敏才逐渐恢复……但是所有专家对她的前景表示悲观，一致的结论是：半年，最多能活一年。

有一天，卓敏把我叫去，她写好了一张字条要我一定转交给你，当时我还很高兴她能积极面对疾病，她却说：“我要出院了，我不能再在这里待下去了，我每天花的都是杨一的血汗钱，而且注定治不好，与其等死，不如找个地方让自己得到最后的宁静。”

我急劝她看在你的分上，不要干傻事。

她说：“我最担心的就是杨一。我知道他性子急，在里边一定很担心我，得不到我的消息就会暴躁，要是知道我死了，说不定就干出傻事。所以求你们帮我去看一次杨一，就说卓敏现在特别好，病情好转得特别快。他没心机，听到好消息就开心得跟孩子似的，告诉他，我说过我在外面等着他，让他好好在里面表现，争取早日出来看我……”

说话时，卓敏的头一直低低地看着水晶。

“我是一个不祥的女人，如果那天我没有上他的车，他也不会认识我，不会被我弄得这么惨……杨一是个重情重义的人，他那么爱我，要是出来，看见我没了，会疯。他那么小就失去了妈妈，他和我在一起这么久，也没过上一天好日子，你们就千方百计让他忘掉我吧。告诉他跟我在一起没有好结果的，忘了我，会有很多女孩子喜欢他的，其实他那么好……”

我慢慢劝她，不管怎样也要等到见你一面。

卓敏摇摇头，说也曾动过看你一眼的念头，但不必了。再见一面，也得分开，而那时的痛苦更大，可能连死的勇气都没有，不如趁现在，就忘了吧。

她还说："过去我一直害怕死，因为我怕我死了杨一就会忘了我，但现在我真的希望他能够忘了我。等他出来后告诉他——忘了我，就是他的福气。我爱他，他也爱我，可是我们注定不应该在一起。现在，是该结束的时候了。”

后来医院加强了对她的看护，有几天她好像渐渐平静下来，但两周之后的一个下午，护士交班的时候发现，她不见了，像在病房中蒸发了一样。只留下那串水晶，放在百合花旁边。

燕子把那串水晶交给我。我呆呆看着她，突然对她大吼一声。

齐帅拉住我，我转身使劲掐着他的脖子，他急忙把车停在路边，让我冷静。我红着眼问："你们他妈的没去找她吗？她一定会回朝阳公园外那个家的。学校？公司？还有机场……"

我已经语无伦次。

在监狱的半年里，我从未想过出狱的那一天就是失去卓敏的那一天，如果这样，我宁肯一辈子待在监狱里不出来，宁肯一生就在黑暗中想念她。黑暗中想象看她一眼，我会感到世界灯火通明！

但现在她不见了，世界最后一盏灯已经熄灭。

"你必须面对现实，专家说这个病最多能撑一年，现在四个多月已经过去。她是个好姑娘，她选择离开对你和她都是好事。"齐帅说。

"放你妈的屁！她没死，她也不会死，她怎么会死！"

* * * *

从那天开始，我把那辆破车加满了油，像一头跑得脱水的狗，满世界去寻找她的踪影。

"请问，您见过这个姑娘吗？"

"请问最近有没有这个病人转到你们医院？"

"对不起，她也许用的是化名，您再看看这张短发的照片？"

我的肝胆部位隐隐作痛，但仍四处寻找。我去过城南的那间房子，房东早换了新的租客；我跑到军艺打听，一无所获；我找过浅浅，她已傍上一个山西煤窑老板，对我的问题一脸茫然。有一次，我被告知有同名同姓的姑娘在某条胡同的小医院里，过去一看，里面竟全是治疗“难言之隐”的人。我大怒，和医院的人打起来，两个彪形大汉直接把我扔到巷子里。

终于有一次，我在廊坊一家医院的走廊上看见了卓敏，她瘦瘦弱弱，戴着一顶小白帽子，正拿着饭盒向远处走去。我大喊着“卓敏”跑过去，搂过肩膀一看，眼前一个陌生的单眼皮姑娘。她怒斥我“精神病”，我失望之余回骂她。这引来很多人围过来谴责我，我和众人大声对骂，骂着骂着，我竟失声痛哭了……人们哄然散去，说“果然是个精神病”。

即便如此，我仍地毯式搜索着附近城市每一个角落。我上天涯社区发帖发照片寻人，见可疑ID就上去攀谈，被“斑竹”认作是花痴钓马子。

我详细查阅相关病例，绝不相信专家们所谓的医学常识。那么多苦难都挺过来了，她怎会轻易就死？我每晚凝视她留下的那串水晶，也许，她正藏身这个国家的某一个角落里，冥冥之中注定她会偶遇一个世外高人，慢慢地帮她治疗那个该死的“地中海贫血症”。

两个多星期过去，我一无所获。

我体重锐减，形容枯槁。

燕子来看我，我抱着她号啕大哭。燕子幽幽地说：“千万不要妄图去深爱一个人，爱一个人，就是伤害两个人，你的爱人，就是你的敌人。卓敏真的没说错。”

* * * *

我又开始喝酒，喝最烈的酒，这样才可以暂时忘掉她。

发明烈酒的人，一定是个失恋的人。

这一天，和一群不认识的人在后海喝酒。我快醉了，斜眼看着挂在墙角的电视……酒吧伙计在换台，有的台在直播海选，有的台播古装电视剧，暑期快到了，也有个电视台正在介绍着各地旅游好去处——雪山脚下一个寺庙，人们四肢着地磕着长头。

“停下！刚才那个！对，就是它！”我厉声叫起来，可是屋里太吵。

画面一闪而过。可我分明记得刚才的画面里人潮中有个熟悉的姑娘。我看不清楚她的全貌，纤细的脖子、柔韧的四肢、尖尖的下巴从侧面看去有一处阴影……是卓敏，或许不是？我使劲击打着自己的脑袋，想把刚才的画面与卓敏烙在我脑海里的各种细节进行对应。

我指着电视大声问旁边的人，刚才是不是在说藏东林芝错宗寺？

那人惊愕地看着我。

藏东，林芝，我一定要去！出来两个多星期了，我竟然没有去她的家乡寻找。身患绝症的她一定会回到家乡，家乡还有她的老阿妈。

我要去世界上空气最稀薄的地方，寻找最稀薄的爱情。

* * * *

紫外线比想象中还要强烈，空气比想象中还要稀薄，心胸呼之欲出。我出现轻微的高原反应，一路上时睡时醒，脑子昏昏沉沉，有时候觉得掉下了山沟，有时候又好像飞上了高空，空中有一个正在跳舞的瓦蓝的精灵。

头痛欲裂。

早上混迹于这辆四处漏风的长途车上，身旁是一群面色黝黑的贩运雪莲的人，说着我听不懂的语言，只不断用清亮的眼睛打量我。一个稍懂汉语的老人问我是不是去看神仙。我点点头。他递过来一个锡制的酒壶。我一口喝下，整个胃都在燃烧。人们大笑起来，说喝了酒就能看到神仙。我努力看窗外，有些人在山路上匍匐着磕长头。头很沉，我渐渐就听不见他们说话的声音，昏昏睡去……

醒来已是下午。睁眼，破空而来的一片圣洁，我有一种想下跪的冲动。

* * * *

藏东林芝，千年古城。

天蓝得让人心头紧缩，雪山如五朵闪耀的莲花环绕在四周，森林缓缓伸向清澈见底的巴松措，湖心有小岛，岛上有一座建于唐代的藏传佛教错宗寺。

她说过，她的家就在岛上，那里有一棵桃树和一棵松树，不知为何竟结成了连理枝，据说是一个男子和一个女子死后所化。每当春天雪化，树会发出一股奇香，这味道在那些爱围着树跳舞的人身上经久不散。

夕阳西下，给白石头砌成的庙宇刷上一层庄严的金箔，牛角号破空而来，用飞鸟惊落的羽毛装饰着天际。近处有满脸褶皱的藏族阿妈手持经筒沉默行走，远处是漫卷的经幡在山坡上猎猎作响，在每日的仪式中与神灵们相通……没有时间，没有空间，只有逶迤而来的牦牛“哞哞”地安祥归家。

穿越散发植物腐朽味道的森林，坐着一艘木划子驶向湖心小岛，终于来到那座古老的喇嘛庙。虽在电视中只惊鸿一瞥，但寺外那条被朝圣者胸膛磨得光滑无比的阶梯已刻在脑海中。几百年来，无数炙热的胸膛在这条阶梯上匍匐，把理想和心事奉献给上师和菩萨。

其中有一颗定属于她。我相信，她就是在这条阶梯上磕着长头，向上师和菩萨倾诉内心最隐秘的事。

但现在没有她，也没有其他朝圣者。寂静的石头阶梯偶有飞鸟掠过。我一步步向上走着，情不自禁跪下，胸膛紧贴大地，仔细捕捉前几天她曾留在石梯上的心跳，以及她残存的气息……

我的卓敏在哪里？

小喇嘛笑了，露出雪白的一口牙齿。他的眼神如此纯净，像刚刚融化、从雪山蜿蜒而下的河水。他听不懂我的话，我也听不懂他的话，顺着他手指的方向，遥遥看到寂静一角有排高大的白色石头房子。

我把卓敏的照片挂在胸前，大踏步地向白房子走去，一路上想象卓敏磕完长头回家的路上会干些什么。

出汗没有？

会不会咳嗽？

有没有想我？

……每个陌生人都在看我，露出并不陌生的眼神。我终于知道为什么她会有清澈如天堂之水的眼神了——这里每一个人都有这样的眼神。

他们都是天堂的儿女。从无心机。

谜底就在眼前。高大气派的白石头房子，年久失修，已然颓败。我站在那道由木材和石头修建的院门前，竟不敢推门而入。不知什么样的情景等着我——

她头戴小白帽躺在床上？

她坐在窗边看着落日？

她和老阿妈正在捣酥油茶，还是在暮霭中摇动经筒，唱颂经中的真言？

院里寂静得可以听到每一只飞鸟落足的声音，一抹阳光仓皇，我不忍践踏，怕踩疼最后一点时光。我知道我一推之下，就会翻开一张赌注巨大的底牌。

* * * *

猛地推开房门，一个熟悉的形象映在眼前，每一寸毛发、每一处五官、每一丝表情，如脑海中那一张最熟悉的底片。我很想大叫“卓敏”冲上去拥抱，却发现，岁月在她脸上留下太多沧桑。

不是卓敏，是卓敏的老阿妈。

她和卓敏长得惊人地相似，像同根生长出来的两朵雪莲花。

她看着我进来，眼神熟悉，没有一丝惊讶，她甚至示意我坐下来，我怀疑她已在那张藏榻上坐了数十年，就是为了等我到来。

她已在弥留之际。

* * * *

我躺在城里那家简陋的招待所里发着高烧，肺叶像要炸开一样。我觉得大脑里有无数声音在争吵，忽冷忽热。这是典型的高原反应。

旅人们在屋外长廊里走来走去，吵闹喧嚣，各自干着自己的事情。没有人理睬我，没有人知道这个脏旧的房间里有一个外来的青年快要死了。

有一刻，我的大脑突然针刻般清晰。我再次在一个寂静的傍晚走进那个院落，推开房门，老阿妈沉默地看着我，目光伤感，却是一种海水般的慈悲。我拿起胸前那张照片："卓敏，是卓敏。"老阿妈的眼里焕发出一种炙热，伸出枯萎的手要那张照片，我递给她。她看着，抚摸着，低低说着一些话。也许，这是在呼唤女儿的名字。

我问她卓敏在哪里，她哆嗦着指角落一个藏式柜子。一些小女孩儿的衣服、水粉和羊骨玩具……卓敏小时的物什，老阿妈一直珍藏着。这个世上，她俩相依为命，互相是对方的世界，一个死了，另一个无法支撑下去。

嗅着她余存的味道，我再次大声问：“卓敏呢？”

老阿妈看着我，又看看手中卓敏那张照片……眼角绽开一丝微笑，和卓敏别无二致。

老阿妈终于去了，去的时候还紧握着那张照片，我不知最后时刻她要向我表达什么。她只是用最后一丝力气对照片凭空做着一些动作，像是祈祷，像是解脱……

老阿妈没有给我留下任何线索就死了，她走得很平静，但我知道她的内心犹如雪崩般激烈。看着这个美丽的女人，我号啕大哭起来。哭声传遍了整座巴松措。那天晚上附近的人们纷纷赶来，给老阿妈盖上最美丽的绸缎……我无助地向她死后也依旧端庄的面容跪下，感到身体就要沙化。

我问过人们关于卓敏的消息。有人说一个月前好像看见了她，正向山上走去；另外的人说那其实是老阿妈，老阿妈每天早上都看女儿有没有回家。

我跑到寺庙里寻找，惊讶地发现庙里有一座菩萨像和老阿妈非常相像，和卓敏也很相像。我问小喇嘛为什么她们这么像，当年的塑像者难道照着她们的模子塑出来的？小喇嘛听不懂，仍然露出白白的牙，只是对我笑。

我在庙里转了又转，经过一排排酥油灯，一座座莲花台，听说一个月前有个女孩子要在大光明佛下磕七七四十九天的长头，后来晕倒了。问女孩长什么样，没人能告诉我……我在附近的森林寻找了三天，在巴松措上大喊卓敏的名字，终于因风寒和体力不支倒下……

现在我躺在那家简陋的招待所里，但脑子回光返照般清醒，我甚至还能想起卓敏以前告诉我的一些事。

老阿妈其实是个孤儿。她从小听得懂大人的每一句话，但从来不说话。她一直到十七岁才开口说话，开口说话的那天，一个帅气的汉族年轻人正好走过来。

那个年轻的汉人走过来时眼神亮亮的，对她说："你漂亮得好像庙里的菩萨。"然后阿妈就说话了："听说你会吹口琴。"那个年轻人就从包里掏出一把银白色的口琴吹了起来，琴音悠扬，传遍雪山每一个寂寞的角落。卓敏的妈妈很开心，脸色红润，灿若桃花。

卓敏妈妈后来怀孕了，但残存的家族坚决反对她喜欢上一个汉人。而那个卓姓的男人，在一个大雪之夜也消失得无影无踪。

卓敏从来没有见过她的爸爸，她说曾经梦到过他，但看不清，只是觉得清清瘦瘦的，低着头很多心事的样子。

* * * *

我在黑暗中感到有人进来了，我被抬到另一张床上，嘴里被喂了一些辛辣的东西，我感觉一根冰冷的针刺进我的静脉，我睡着了……

我被强制送下了高原，送到成都，却不知是谁救的我。我也不知卓敏到底在哪里，倒是白石头房子旁边的老人说起过她家的来历：很久很久以前，从拉萨逃到此处的。

我被确诊患上了胆囊炎，在成都一家医院里静养了七天。百无聊奈，心中悲苦，忽然想去喝菩空树的茶。他已许久不跟我联系。

* * * *

他一边给我沏茶，一边抱怨现在的水质越来越差。他说：不是所有的水都跟茶相生相融，有些水可是害苦了茶。

我疲惫地盯着他，不关心他别有深意的道理。我只关心卓敏。

低头转动腕上的水晶。他也紧紧盯着水晶。

我心中一动，忽想起那年在鲜花寺，他盯着卓敏腕上水晶时的眼神。

我问："你知道这串水晶的来历？"

他却默不作声。我把水晶褪下来递给他。他再三犹豫，轻叹了一口气："我知道得也不多，只知道这串珠子在藏区确有传说，是一个有来历的信物。"

我紧紧催问。

他想了又想，终于用干瘦的手指蘸着茶水在桌上写了一段字：

在那东方的山顶
升起皎白的月亮
未嫁少女的脸庞
浮现在我寂寞的心房

我常听卓敏哼唱这首民谣。菩空树摇摇头，说：“不，这是一个男人和一个女人的传说……”

菩空树仰头回忆，恍惚中我被带到三百年前，那座白石头城，那条繁华似锦的八廓街——

很久很久以前，从鲜花寺向西，再向西，有一片美丽的雪域，雪域中心有一座高高的山，山上高高地修建了一座白色的石头城。

有一个小小的土司，五十岁时才得到一个小女儿，取名“达娃卓玛”，意思是月亮上的仙女。她一笑的时候连雪花都会融化，她跳舞的时候天上的凤凰都会羞愧……

十七岁那年她随父母来到白色的石头城下，她问，谁住在里面？

其实白色石头城里住着一个青年，一个名动整个雪域的青年。每天有无数的人民匍匐着向他磕长头，把牛羊和珍宝都献到他脚下，被他赐福过的病人可以疾病全除……

他十四岁被远道而来的一群喇嘛认出来时，正站在雪山脚一棵树下唱着动人的歌谣……他从遥远的南方被送进由无数白石头修建而成的高高的圣城，学习最高深的学问。他慢慢长大，长老们预言他将成为最聪慧的修行者。

但青年并不喜欢万众膜拜的荣耀，常常寂寞地站在高高的白色石头城上，回忆小时候在草原上与姑娘们自由歌唱的情景。没有人看得出他的寂寞。

有一天晚上，他乔装打扮，踏着月色走下山，走到山下那繁华的八廓街。那里有一间黄色屋顶的温暖酒肆，并没有人认出他来，他就和平民们一起喝酒、歌唱……突然黄屋顶酒肆的门帘被撩了起来，露出一张月亮般的脸，一双清澈动人的眼睛。

他一眼就爱上了她，她也一眼就爱上了他。

第二天他站在高高的石头城上，想念山下那个头发都会跳舞的女孩。他认为孤独的生活该从此发生变化，于是尊贵的他不顾教规，时常乔装下山与女孩幽会。他俩在草原上跳舞、骑马，在那间黄色屋顶的酒肆里喝酒、歌唱。青年为女孩写了很多情诗，他们以为世人不知，但那些诗已流传到八廓街，也流传到白石头城上。

那天，他送给她一串晶莹剔透的碧玺，那是雪宝顶上采摘的灵物，每一颗珠子都有生命。她说也要送给他一个礼物，男人问是什么，她花儿一样笑了，指了指肚子，说是个小灵童。

那天晚上男人神情萧瑟。他是个多情有义的人，但无法摆脱十四岁时命运的安排。贵为首领，他肩负普度雪域众生的责任，不应再心生情愫，更不能娶妻生子。此时他还夹在和藏王的纷争之间，贵为至尊，却并不是白色石头城真正的主人。白石头城上的长老们已经开始告诫青年，京城的皇帝也发出了严厉的训责。

那天晚上女孩流下了比水晶还要晶莹的眼泪，他就说宁肯不要至尊的称号也不肯没有她。漫漫长夜，他俩互诉衷肠，一起跪倒在酥油灯下对着那串水晶发下誓言：请给我们爱情，哪怕失去生命！

据说这串碧玺是用雪宝顶上的水晶制成，在白石头城里的酥油神灯的照耀下，喇嘛们对它唱诵了四十九天……它已有极高的灵性和记忆，传说可以完成人们的一切愿望。

他本是个多情的种子，和她时常幽会，还说愿意归隐，和她过平淡的一生。最后一夜，他俩本来约好在黄色屋顶的温暖屋子见面，一起走掉，去到一个谁也找不到的地方。但青年并没有来。直到女孩难产那天，青年也没来看过她一眼。

她知道多情的青年已把她忘了，回想与青年一起的情景，低声念着他给她写的一首首诗，悲愤地对水晶说："雪宝顶上的水晶啊，为什么我要死了，还得不到爱情？法力无边的水晶啊，你能不能生生世世去证明，死亡可以换来爱情！"

一刹那，水晶在酥油灯的照耀下突然迸射出晶莹夺目的光彩，女孩看着水晶，香消玉殒。

菩空树缥缥缈缈地叙述着这个故事，那个女孩的命运紧紧攫住我的心。我盯着手上这串水晶，似信非信："就是这串水晶？"

菩空树淡然一笑——

不过是个传说，当不得真……

但这只是传说的一部分，在剩下的部分中，那个青年并没有骗女孩，他回白石头城说要退去尊号从此归隐。这样的消息让白石头城的人们震动，北京的皇帝还要把他押解到京城。

那个青年开始流亡，要去找那个女孩。他的足迹遍布湖泊和草原，他仅带着少许随从，却要躲避一千个蒙古骑兵的追赶。他每天都要写一首诗寄托对女孩的思念：

我摇动所有的经筒
不为超度，只为触摸你的指尖
我磕长头匍匐在山路
不为觐见，只为贴着你的温暖
我细翻遍十万大山
不为修来世，只为途中能与你相遇

青年一边逃亡，一边寻找女孩，可雪域之大，哪有女孩的踪迹？有一次却在雪山之下被追赶他的骑兵围住。拥戴这个青年的人们四起保护他，把他藏在一座雪山上的喇嘛庙里，与皇帝的骑兵在山脚下激战了三天三夜。雪山脚下的驿道被染红了，小河被阵亡的马匹堵塞了。青年在山上遥遥看到，心中大为不忍，他走下山去，自投罗网。下山前，他告诉随从们，把他写给她的诗收集好。

女孩并不知道，在她含泪而去的时候，青年也身陷绝境。其实骑兵们并没有把他押解到京城，而是悄悄由藏北达青海湖，并在鹭鸟纷飞的湖边，将他刺杀……

当时青年正在为她写着一首诗：

心中热烈地爱恋，

问伊能否做侣伴？

即或死别，也绝不离散！

* * * *

“传说青年死后，乘着七匹马拉的车，飞向太阳。”菩空树盯着水晶，说，“青年死了，女孩死了，那串水晶却一代代传下来，想不到流传到这女孩子手里。”

我说：“这串水晶是卓敏家祖传的，那女子就是她说的女先祖，难道心愿咒语真有那么神秘的力量，一世一世传下来并影响到卓敏身上？”

菩空树把那串水晶放到眼前细细端详，晶莹的光刺激着他混浊的眼。他说：“当不得真，我并不信心愿咒语，不过正好知道这个隐秘的传说。不过，普通水晶也有灵性的，何况这碧玺来自藏东圣山的雪宝顶，采集千万年的日月精华，在白石头城百年长明的酥油灯和喇嘛的诵读中，得到了最好的加持，或许，或许真的通灵，最终真应验主人的愿望——拥有爱情，哪怕死去。”

天色迷离，菩空树倦怠地长叹一声：“男女相爱，到底是善缘还是孽缘？如是善缘，怎堪飞蛾扑火；如是孽缘，何必生死相许？你走吧。”

第十三章

我去云南，去文峰寺，去昌都，去任何我认为她有可能去到的地方。

一无所获。

在家里翻找着她残留下来的物什，翻到一沓汇款单存根，地址是南方那座城市的一家孤儿院。

虽然时间截至半年前，可我眼前一亮。我俩刚认识那会儿她去巡回演出，还认养了两个孩子，她一直定期给他们寄钱。她藏身那孤儿院的可能性很大。

她曾经对我说过，自从打掉孩子后，她觉得天下所有孩子都像是她的孩子。

* * * *

南方的骄阳烤得人焦躁不安，高温蒸发出来的湿气让各种景物扭曲。我站在破败的院落前，看残垣断壁，眼前的挖掘机正轰轰隆隆地工作。心被挖空了。当地大搞开发，孤儿院已经搬走了。

我问孤儿院搬到哪里去了，工人并不知道。我跑到这家楼盘的预售处，他们对我的问题根本不关心……我到区民政局，一个中年妇女以为我是来领养孤儿的，热情地请我坐下。我提出先看看孩子，指定必须是这家孤儿院的。她让我交了两千元保证金，查了好几天，才报出一个小镇的名字。

一条泛着白沫的小河穿过这个小镇。老师是本镇几个老年妇女，她们不认识我，对我拿出的卓敏照片无动于衷。我突然发现了卓敏助养的一个孩子，跑过去举着照片问她："这个姐姐是不是来过？"她茫然地看着我，我才意识到她眼睛看不到。

我大声继续："那个姐姐，跳舞的姐姐！"并凭记忆唱起当年卓敏教他们跳舞时的那首曲子，跑调跑得不成样子。

那小盲女脸上竟露出欣喜的表情："姐姐，走了，她生病了……"

我大声说："告诉我她在哪里？"

她摇摇头。这时，那两个保育员使劲地把我往外推，说再不走就报警了。

我在这城市徘徊了几天，想着当初她在这里跳舞，那么夺人心魄，却顿感渺茫。

＊　＊　＊　＊

终于我身心俱疲地摸回北京，开门，倒在沙发上，闭上眼睛，隐隐觉得房间里有微妙的变化，有熟悉的清香，睁开眼睛，家里焕然一新：一束百合花，一对HELLO KITTY的茶杯并排摆在茶几上，旁边是青瓷小猪，靠近沙发的一角是我们一起用陶泥制作的烟缸，那套挖耳勺家什也用小绒布妥当地包着……

我冲进浴室，牙刷头朝上插在玻璃缸里，牙膏是新买的，指甲刀放在小藤筐里……

一切都按照以前我们共同生活时的样子摆设着，我使劲嗅着空气中每一个熟悉的细节。

把家里所有的灯打开。

她回来过？

她回来过！

我确信卓敏回来过！这世上只有她才知道我们以前摆放东西的习惯。

我大吼一声。餐桌上摆着那支录音笔。我一时竟不敢去碰那支录音笔，不知里面是祸是福。

我终于按下电源，微弱的荧光在我看来却是一束跳动的光明，把黑暗中的我照得通体透明！

我闭上眼睛听，荒凉的世界充盈她那熟悉而略带伤感的声音——

牙膏从后部挤，就会让它长得好看一些；牙刷头朝上，免得沤在下面有细菌；早上起床要开窗户，你总爱晚上躺床上抽烟；每天换袜子，保持脚部干净可以让身体更好。你要好好生活，按时吃饭，按时补钙和维他命。杨一，你要听话！

不要再找我了，真的不用再找我了，我知道你爱我，但忘了我吧，我们曾经有过很快乐的日子，这就足够，上天既然要折磨我俩，我们也只有认命。凡事不要强求，也许上天自有深意。

也许只是暂时地忘了我，其实我想告诉你的是，现在科学这么发达，世界上没有治不好的病。

我将去到一个你不知道的地方，那里也许会治好我的病。这个世界是神秘的，我刚刚知道“地中海贫血症”根本不是新发现的病，一个高人告诉我其实在三百多年前有人被治好过，它是古老的病，当然就会有古老的疗法。

杨一，给我点时间，也给你点时间，就算是命运对我俩再一次的考验吧。我们都相信菩萨，也许会有好报的，说不定哪天早上有人使劲敲门，你一开门，站着的就是你朝思暮想的我，我会像过去那样跳起来吊在你脖子上，咬你，抓你头发，和你一起去白杨林中散步。

我知道宝宝的事情了，看门的老头告诉我的，我很难过，很难过，刚才在那棵白杨树下哭了好久，你要时时去看它，帮我给它多买点好吃的……宝宝死了不能复生，我要是死了也不能复生，但我俩都会活在你心中，这就是缘分，我知足了。

杨一，你一定要听我的话，你要好好生活，也许奇迹出现，哪怕只有万分之一，我还欠你两个女儿和一个儿子呢。不知道上天是否看在我俩这么相爱的分上，再开一次恩，如果我能够冲过这一关，那么让我们一起慢慢变老，像你说过的，一起在八十多岁时，看着早上的阳光，手牵着手死去。

我会把每天治疗时的事情都记下来，如果能活着回来，我讲给你听好不好？好好爱惜那串水晶，我们不用相信所谓魔咒心愿，每对人有每对人的命，其实有它在，就是有我对你最深情的祈祷，每一分钟都保佑着我的杨一。

也许我永远回不来了，那你就永远忘了我吧，我不想让你因为不能忘了我而天天伤心，你能忘记我，才是最好地珍惜我……

我站在灯下，百感交集，全世界的念头都涌上心头，我张大嘴巴，很久才发出一声号叫，然后转身往楼下跑去。已是深夜了，我发疯般敲那个老门卫的小门，他披着衣服眼神昏聩地看着我，听我结结巴巴的问话，很久才明白过来。

“是，是那个姑娘，我带她去了那棵树下，她瘦了。”

我热烈拥抱着那个老头，我甚至亲了他光光的额头，他是天下第一好的老头，他的叙述是天字第一号福音。我后悔自己没有早点回来，那样就可以抱着她，亲吻她，拖住她不准她再走……我追悔莫及，但证实了卓敏还没有死，又心花怒放，我在白杨林里狂奔，手舞足蹈不能自已。整整半年过去了，卓敏没有死，她不死，我也不会死！

我要等着她，直到她回来！熊熊大火照亮了我的前程！

＊ ＊ ＊ ＊

我又活回来了。眼睛透亮，头脑清晰，随时准备迎接未来某个她终于回家的时刻。

我严格按照她交代的作息时间去生活，不喝酒，也很少抽烟，早上记得打开窗户。我睡觉警醒，楼道上稍有风吹草动便起身透过猫眼看外面。对了，我二十四小时打开房灯，无论她何时回来，都可以知道我还在家。如果我偶尔必须出去挣点钱，也会仔细写好一张准确无误的字条贴在门后，告知她我去哪儿，什么时间回家。

我保存了她所有的东西，按她喜欢的方式摆放，不差毫厘——青瓷小猪、茶杯、塔罗牌，甚至她用剩下的眉笔、口红、便笺……我怕她有天突然回来找不到东西就会怪我，说我不在乎她。

我时时想她，常把那支录音笔拿出来听，从第一次带她"偷渡"，直听到她最后给我的留言。我还把那年秋天她在白杨树下连拍的那组相片顺序排列在进门就看得到的墙上，这样我一进门，就可以觉得她像幻灯般还在动，在跟我说话，音容笑貌萦绕在整个房间里，真人般经久不散……

我重新养了一只小金毛，取名宝宝。它有一样憨厚的眼神，一样毛茸茸的爪子，一样圆圆的脑袋。它不太听话，我就在楼下白杨林中训练它，培养它吃大白兔奶糖，喝可乐，听那首老歌，每天都给它看她的照片，把留有她气味的东西拿给它闻。这样，有一天她开门回来，宝宝就熟悉地直扑上去没完没了地舔她的手。而她像过去一样笑着躲闪，然后抓着它的耳朵，去亲它的脸。

我相信能把她等回来。只要我愿意等。

我每天上网，查询了所有关于“地中海贫血症”的资料，比以往更清楚地知道了这是一种血液遗传病，来自某种奇怪的染色体基因缺陷。但它并不是百分之百地遗传，只有当父母双方都有这种基因缺陷，孩子患病的概率才大大增加。这其实是一种爱情绝症，携带基因缺陷的父母很可能并不发病，但生下的孩子百分之八十会患上这种绝症，很小就夭折……

卓敏的老阿妈从小是孤儿，因为她的阿妈患上了这种病。但卓敏的阿妈只是携带这种基因，并未发病，她前段时间才在我眼前走了的。

无论如何，我坚信冥冥之中自有天意，卓敏会活下来。我去法华寺请了一尊菩萨，每天烧香、祷告，相信一种大慈悲的力量能把她救活。

……

这几天我总是梦到卓敏，梦到她正拿着吹风机帮宝宝梳理毛发；梦到她又在家里对我指手画脚，让工人搬来很多新家具装饰新房；梦到她气色很好，回眸看来，目光和我第一次看到一样清澈，她体力大大恢复，已经能跳大段大段的独舞，像牧场的羚羊生动灵活，跳毕，偏着头对我说：“我说过就回来了，这可不就回来了吗？”

我把家里的花瓶插满香水百合，在清香中等她回来，我总有一种预感，她就要回来了。

* * * *

我没有等到她，却等到了菩空树的一条短信，他说："是人等树，还是树等人？"

我心中一动：是人等树，还是树等人？

莫非菩空树真的开了慧眼？

莫非他真能洞知生死尘埃？

我突然想起他告诉我的那些传说……想了又想，茫茫然没有头绪，但我做了一个决定，起身，在门上贴了一张字条："我很快回来，等我。"

* * * *

秋天，鲜花寺，没有风，红楠依旧婆娑。

菩空树孤独地坐在半山坡上，坐在方丈室前的那棵柚树下，仰头似乎在嗅柚树于秋天发出的最后一缕清香。他看着我由远而近慢慢走来，混浊的眼睛有一种从未有过的柔和。

他说："是时候了，我知道你在这个时候来。"

我小心翼翼地问："你等我……来看树，还是看你？"

他和身后的柚树几乎合为一体："人就是树，树就是人，这个道理不久你就会懂。你等的人回来了吗？"

"没有。"

"别枉费心机，人不可能等树的，树挪就会死。别等了，那棵树本来就在那里，何苦去等，只要你心中拥有树，树就永远不死……”

我默默喝茶，无语。

他突然莫名其妙地说：“这棵柚树是我刚来到鲜花寺那年亲手种下的，从来只开花，不结果，我从种下后就开始天天照顾它，看着它，这么多年它生长得真漂亮……那串水晶，再给我看看。”

我迟疑，把水晶摘下给菩空树，他干枯的手指轻柔地转动着水晶珠子，我惊愕地发现他的眼睛射出摄魄的光芒，心中一个巨大的疑团呼之欲出，我突然问：“你还知道多少关于这串水晶、那个女孩、这个家族后来其他女孩的故事？”

菩空树的肩膀微微一耸，默默不语。他仰头看天，天穹苍茫，白云苍狗。他想了又想，似乎在做一个重大决定：“你真的想知道？不过这也只是个传说，当不得真。”

他起身走进方丈室，很久很久……他出来，神情萧瑟地递给我一本沾满尘埃的画卷，羊皮封面有黄色的暗纹，里面是一些佛像、菩萨像和漂亮的小飞天，有一些寂寥缱绻的文字配在卷旁。

我不解其意，心烦意乱催他快点讲。

他眼睛望着缥缈的远方：

白石头城的青年死了，女孩也死了，那串水晶却留了下来……多少年来，不知是它真有灵性，还是这个家族本来就遗传一种神秘的病，有时数代才发病，有时隔一代就发一次。

这串水晶一直流传到二十四年前，在同样的一座雪山下，一个美丽的女孩坐在白石头上发呆。她有清澈的眼睛和柔韧的舞姿，一头黑黑长长如瀑布般的头发。她也戴着一串水晶，只是她从出生开始就不说话，她听得懂别人的话，自己却从不说话。她只是想碰到该说话的人，才说话。

有一天，这个寂静的雪山脚下忽然热闹起来，来了一些拿着工具和颜料的汉人。有个年轻的汉人一眼就看到了这个女孩，他问：“她是谁？”人们说她是个不祥的女孩。

这个汉人青年负责画庙里的菩萨像。他曾发誓要画最美的菩萨像，心里就天天想菩萨长什么样。自看到这个女孩子后，每天都忍不住要看她，喜欢她，说她的样子就是菩萨像。人们告诫他，别理会这女孩，她出生后，父母都神秘死去，她不会说话是因为上天惩罚她的罪过……他不在乎这些，还告诉人们：“你们没看见吗？她的眼睛天天在说话！”

他故意在远处吹着口琴。

他知道她喜欢听他吹口琴，因为每当他吹口琴的时候，她的眼睛就亮晶晶的。有一次她还趁人不注意悄悄跳起舞来，舞得真好看，山上的蝴蝶都自愧不如……

青年发现自己越来越想念这个女孩，每天为庙里画菩萨像时都在想着这个女孩，以至于庙里那尊菩萨像跟女孩都是一个模样。他连睡觉时也梦到她在翩翩起舞。

终于有一天，这个青年大胆走过去，夸她跟菩萨一样漂亮。他惊讶地听见她开口说：“你吹口琴真好听。”

女孩和汉人青年爱得非常热烈。

她对别人无话可说，但她对他总有说不完的话。她天天为他跳舞，还说要和他一起生很多孩子。他天天用牛角梳给她梳长长黑黑的头发，继续按她的样子变幻着画庙里所有的菩萨像、飞天像。他说这是最慈悲的样子，希望来庙里的众生都能有幸看到这样的像。

他们以为可以这么一辈子爱下去。但这里的人坚决不同意女孩和汉人通婚，因为女孩的外祖父是被汉人开枪打死的，先祖也是因汉族皇帝迫害才辗转逃亡到此地。老人们还用木棍打女孩，女孩的身上被打得青肿，但每次她都不哭，反而笑了……

后来他俩就悄悄幽会，在雪山脚下，在白水河边，在树林里……他们两个不知道，那个青年悠扬的口琴声暴露了他俩的行踪。

一个傍晚，青年给女孩梳着头发时，梳子突然断了。青年说："我明天再给你买一把更光滑的玉梳，才配得上你的头发。"女孩开心地笑了。他俩挥手告别，约好第二天再见。女孩跳着舞从树林中翩跹而去，青年开心地吹着口琴沿河边回去，根本没注意到前边那棵大树后面有一根恶狠狠的木棒，一转眼就把他打翻在地。

第二天，女孩没有得到更光滑的玉梳，没有找到会吹口琴的青年，她在庙里，在河边，在树林，在所有地方都没有找到他。

她并不知道，他正被绑在庙后的柴房，饥寒交迫。人们告诉他必须离开这个地方。他坚决不干，还说："你们打死我吧。”

三天后，他被裹在一个麻袋里送上了开往四川的卡车。

那个大雪纷飞的夜晚，风雪肆意侵蚀他的身体，但青年一直死死握着那把口琴和断了的牛角梳。他在路上发起高烧差点儿死掉，并被山上滚落的石头砸瞎了一只眼睛。但他一直在想，一定要活着去看女孩一眼。

他每分钟都在想念着那个女孩，每天都在向菩萨祷告，他竟活下来了。

后来他听说那个女孩生下一个婴儿。这个青年非常想孩子，种下了一棵树，等养好伤病后他就开始一次又一次进藏去看她，但没有一次成功……

夜深人静时，他会偷偷地躲在一棵树下哭，为她画着一张张最美的像。他放弃再去看她的念头的原因是，有一天，他突然知道自己的血液中也带有那种神秘的病根，他并没有发作，但很可能会遗传给下一代。

多少长夜，他在往事中悔恨，不知道自己给那个女人的究竟是爱，还是伤害。他不再试图去藏区，也不敢去看那个孩子，他想忘记过去的一切，他以为自己做到了，直到有一天……

菩空树目光慈悲地看着我。

他顿住了，穿越这么遥远的时空让他有点儿疲惫。我发现，这样悲伤的故事也会让菩空树悲伤，他的左眼一直在流着眼泪，右眼竟是干的。

我的心中蕴着一连串惊雷般隐隐大动：“有一天怎样

呢？”

他忽然笑了：“人跑得再快，也跑不出那幅命中的画。”

天色渐暗，他的笑容带着一种诡异，颤抖的手去抚摸身旁那棵柚树，嗅着傍晚清幽迷离的柚香。

他说：“这棵柚树是我来鲜花寺那年亲手种下的。我亦把这棵树当成女儿树，只有女儿家才会像花一样盛开，可惜她不会生孩子。她是我的女儿，她生长了二十三年，我在树下哭了二十三年。我照料着这棵树，却不能好好照料她。现在是时候了，该是我回去的时候了。”

“你回哪里去？”

“回我来时的地方，今天将是我圆寂的时间。”

他站起身来，佝偻的背突然高大挺拔，我从未见过菩空树有这样的身姿，像体内充盈着毕生的真气。

我愣在那里，惊愕不已！

* * * *

我站在菩空树的墓碑前，看着他生前给自己写下的碑文，清秀的书法写出他出家前的俗姓——

“卓！”

他的遗物很少，灰布包里有一把银白色的口琴，曾经为一个女孩吹过无数好听曲子的口琴；有一把断了的牛角梳，曾蘸着雪水天天为一个女孩梳着长长的黑发；还有一卷沾满尘埃的画轴，打开发黄的画面，全是卓敏的老阿妈，如菩萨一样慈悲漂亮。扉页题写着——

杜鹃来自门地
带来春的气息
我和情人相会
身心无限欢喜

佛家的墓碑是不准附上照片的，但我轻易能想象他年轻时候的样子。这个喜欢吹口琴的汉族青年一定很帅气，笑的时候有一口讨人喜欢的洁白整齐的牙齿，他开口说话的声音也一定很好听，那双巧手画出了世间最美丽端庄的菩萨像。他只是想追求一次单纯而美好的爱情。当他向那个沉默不语的姑娘走去时，肯定没想到，一生已经改变。

这个十九岁就去西藏林芝为寺庙画画的汉族青年，在雪山脚下遇到了一场大火般的爱情，然后遁入空门……他每隔三年私自下山一次，又被前任方丈轻易抓回。多少次下来，多少次追捕，他在鲜花寺那道恍惚得让人忘记时间的屋檐下，自以为断却尘丝。

青灯知道他一叶孤舟的岁月，残存的左眼才能洞悉受伤的内心。这么多年，我竟不知他只剩一只左眼，甚至也没有联想到，远房亲戚家本来就姓“卓”。

我把那串水晶放在墓碑上，想让它感知一生为情所困的高僧的内心。

这串水晶记忆了三百年前第一个主人酥油灯下的意念，以及世世代代的辗转流亡……我默默看着它在暮霭和馨香中的光芒，心里竟有一丝愤懑：你，真的很通人性吗？如果是，为何目睹一对对情人肝肠寸断，菩萨说要把地狱清空，你却仍无动于衷？也许，也许你已经做了，那天你让牛角梳突然断掉，提示青年危险临近。你无数次让我手腕顿感寒意，还目睹好友的死亡……只是我们都没在意，谁也不能逃脱情欲的因果。菩空树总说，没有新的故事，新的故事都是旧故事的重复。他看得破，却做不到，一切都是命，一切只能是命。

＊ ＊ ＊ ＊

我站在柚树下，突然想起一些重要问题：他什么时候知道了卓敏是他的女儿？

一定是我和卓敏第一次去鲜花寺的时候。他看到我腕上的水晶，眼神犀利，却对她隐现柔情。

他为什么不现身明言？

我一直忽略了，每当我和卓敏出现重大波折，他会发来短信点化我，他说：“佛法，就是‘爱恨自如’”……他亦未净六根。

多年以来，他就把那棵与卓敏同岁的柚树当成孩子，临死前他一定要帮女儿一个忙。所以他才会给我发来“是人等树，还是树等人”的短信，才要在柚树下现身说法，让我彻底忘了她。

可是，是谁在黑暗的客栈里救了我，把我从高原送到成都？卓敏又是什么时候得知自己的身世？是病重回到家乡从老阿妈那里得知的吗？如果那个在石阶上磕长头的姑娘是她，她现在在哪里？是不是正隐匿在鲜花寺里孤独疗伤？或者，只是等死？

我在整个寺庙里一寸寸寻找。红楠婆娑，我听不见任何声音，梵香萦绕，我闻不到熟悉的味道，脑里隐隐有一根线，但抓不住线头……

* * * *

菩空树即将圆寂时，我大声问他："卓敏还活着吗？她在哪里，她在哪里？"

弥留之际的他两眼空灵澄明，手透过密密的红楠林指向轻烟薄暮的远方："雪山，过了雪山，还有一座雪山……她在那里，就在那里。"

他在世间最后一句话如晨钟暮鼓，捶打我的心脏："不要轻易去爱一个女人，爱她多深，伤她多深，爱一个人，却成为她今生最大的敌人。"

* * * *

我在鲜花寺一连住了七天，我在等卓敏。可是红楠婆娑，柚树清香，我一页页翻看画满慈悲像的卷轴，再也没听见卓敏那一声"我漂亮，还是菩萨漂亮"。一场大梦醒来，抚平枕上的思绪。

那串水晶不见了，它竟凭空消失。

那天我把它放在菩空树的墓碑上，一转身它就不见了……

我疯狂寻找，但是，墓碑上没有，那棵柚树下没有，方丈室没有，灰布包里没有，执事火化的僧人说大师身上也没有。

我找了它很久，却不得其踪。这些年它忽隐忽现出现在我身边，挥之不去，现在则像完成最后的使命，决意遁迹于这尘世。

我仍怀疑卓敏悄然隐身在这座古庙里，再次找遍每一道屋檐和每一棵红楠，看过每一道风，问过每一只飞鸟，它们绝口不提，不告知任何关于她的痕迹。

卓敏和那串水晶，从此消失。

* * * *

我从鲜花寺回到北京就大病一场。燕子把我送到医院，我被推进手术室切除胆囊前对她特意交代，她每天住在我的那个家里，要每分钟开着灯，按照卓敏的规定摆设一切，细心喂养那条小狗……

我于一个月后出院，回到我和卓敏共同生活过的家里。

仍然遵守着她的规定——牙刷向上放，牙膏从后挤，早上开窗户……我按照她喜欢的方式生活着，不喝酒也不抽烟，多吃蔬菜和水果。

那条小狗被我抚养长大，它每个眼神、动作都与宝宝相似。我经常带它去白杨林里散步，让它看着我已练就的眼花缭乱的侧手翻，它“汪汪”大叫，踩着哗啦啦的碎叶随我向前飞跑。

我存了一小笔钱，贷款买下了这套一居室的旧房子，每天都插着云南的香水百合。

百合花开了又谢，谢了又开，但她没有回来，一直没有回来。

这套房子里一直只有我，花，一条长得威风凛凛的金毛犬。

燕子时常来看我，帮我做饭、洗衣，和我一起聊关于卓敏的事情。后来她建议我应该做点事情，说已经和那家医院的澳大利亚老太太取得了联系，老太太说真的很喜欢我当年推着卓敏在医院散步的样子，欣赏我为卓敏决意留在医院绝不逃跑的勇气。

她先让我给她当司机，然后让我帮她打理一些杂事。她无儿无女，对中国充满热爱，更对攻克“地中海贫血症”抱有信心。我心中隐隐认为这家医院保留着我和卓敏某种割不断的血肉联系，一直留在这里工作，用心良苦，缄默无语。

我以为一切将这样进行下去。

我平静地继续着剩下的生活，看太阳升起，太阳落下，没有风，只有云，云下面只有几架风筝似动非动，一年一年，燕子们在那道被烟熏得发黄的屋檐下归去来兮，啾啾述说着一些春去秋来的故事。

尾声

又是很多年过去了。

很多年，如白石头城上那个青年的吟唱：一天，一月，一年，一世……

生活就这样进行，我经历了一场大雪崩，雪花化而成水，汇而成河，渐行渐宽，渐行渐远，最后河流竟不知归处……不知道故事的结局是什么。

就这样，我以为故事将没有结果。

生活本就是这样，爱情本就是这样。

只有开始，没有结果。

直到有一天——

北京很普通的一天，普通的风，普通的温度，普通的人群，人群密集散发出普通的气息，没有人会注意到日历簿上有何变化。

我开着车，行走在北三环滚滚车河中。电台里甜蜜的女声正播报着路况信息，我看看天，和每一个春天一样，灰蓝不知，云层像未完工就开始融化的棉花糖，黏在天空。我无聊地向窗外望去，瞳孔慢慢收缩。

过街天桥上，一群男孩女孩正在放风筝，他们年轻而富有朝气，努力地扬起手臂让风筝飞得更高。其中一个女孩高高地坐在桥墩上，她有一张青春漂亮的脸庞，眉毛斜斜向上像要飞入鬓角。一束晶莹剔透的冷光打进我的眼睛，她高扬的手腕上竟有一串熟悉如刻在眼底的水晶，那串让我黯然神伤朝思暮想的水晶！

消失多年，它如穿越冥冥宇宙的一个咒语，突然现身在这么普通的一个春天的下午，跳动、闪耀，让我觉得世间一切全部失色！

她在高声呼唤着同伴："你们看，是不是我的风筝最漂亮，最漂亮……"

我被身后巨大的车流驱赶着前行，我打开车窗，使劲扭过脖子去看那座天桥，脖子扭得很疼，像要断了一样，但我已看不到那群男孩女孩，也看不到那个坐在桥墩上高高扬起手腕的陌生女孩。

北京春天的风带着恍惚的轨迹呼呼掠过，有一些沙子刮进眼睛，刺激我流下眼泪，但我的眼睛固执地跳动着那一抹晶莹剔透的光芒……北京的春天，总有一颗沙砾让我黯然神伤。

铁葫芦

阅读开始了

冯唐

《天下卵》 有关权力。冯唐首部小说集，卵指睾丸。冯唐以历史、情色、武侠、悬疑、科幻、冒险……各种皮相，装入权力世界的欲望与杀戮。

盛可以

《留一个房间给你用》 盛可以笔下的女人是危险的，即便是柔弱的，也是具有攻占性的。读者在惊叹她对于女性禁忌地的直接冒犯时，会被她的敏锐与准确击中。

走走

《我快要碎掉了》 一个男人的寻找与一个女人的等待，构成寻与不寻的相遇，通过他们的对话与相遇，我们看到尖锐与平庸两种生活态度。它们能否带我们渡到彼岸？也许最终只是——碎掉了。

鲁敏

《九种忧伤》 作者通过不同职业的人与生活面，以故事的形式，细节性深入人的各种几乎与生俱来的忧伤，交流的忧伤、死亡的忧伤、知识的忧伤、身份的忧伤、出生的忧伤……

阿丁

《寻欢者不知所终》 由十四个中短篇小说组成。阿丁以一种与道德、制度、合理、文明保持距离的态度，试图呈现、追问生活与人性存在的各种可能性，充分展现了他对各类题材的驾驭力。

《无尾狗》 野夫看完稿说："本书是对吾族阴暗历史和心性的一个诅咒。"阿丁是"中间代"最叛逆的作家，《无尾狗》成书五年，出版过程中多次被毙稿，六易书稿。二十多万字的解剖刀，剥离与呈现一个你一直想回避的现实与人生。

阿乙

《春天在哪里》 这本书收录的九个故事，是阿乙最新的短篇小说创作。故事的原型大多来自他与闻的民间异事，情节急转直下，带有一种原始的恐怖；而阿乙则像悲伤的猎人，埋伏在这些故事的转角处，等着给你当头一击。

铁葫芦

铁肩担道义　葫芦藏好书